あさのあつこ

風を結う

針と剣 縫箔屋事件帖

実業之日本社

実業之日本社文庫

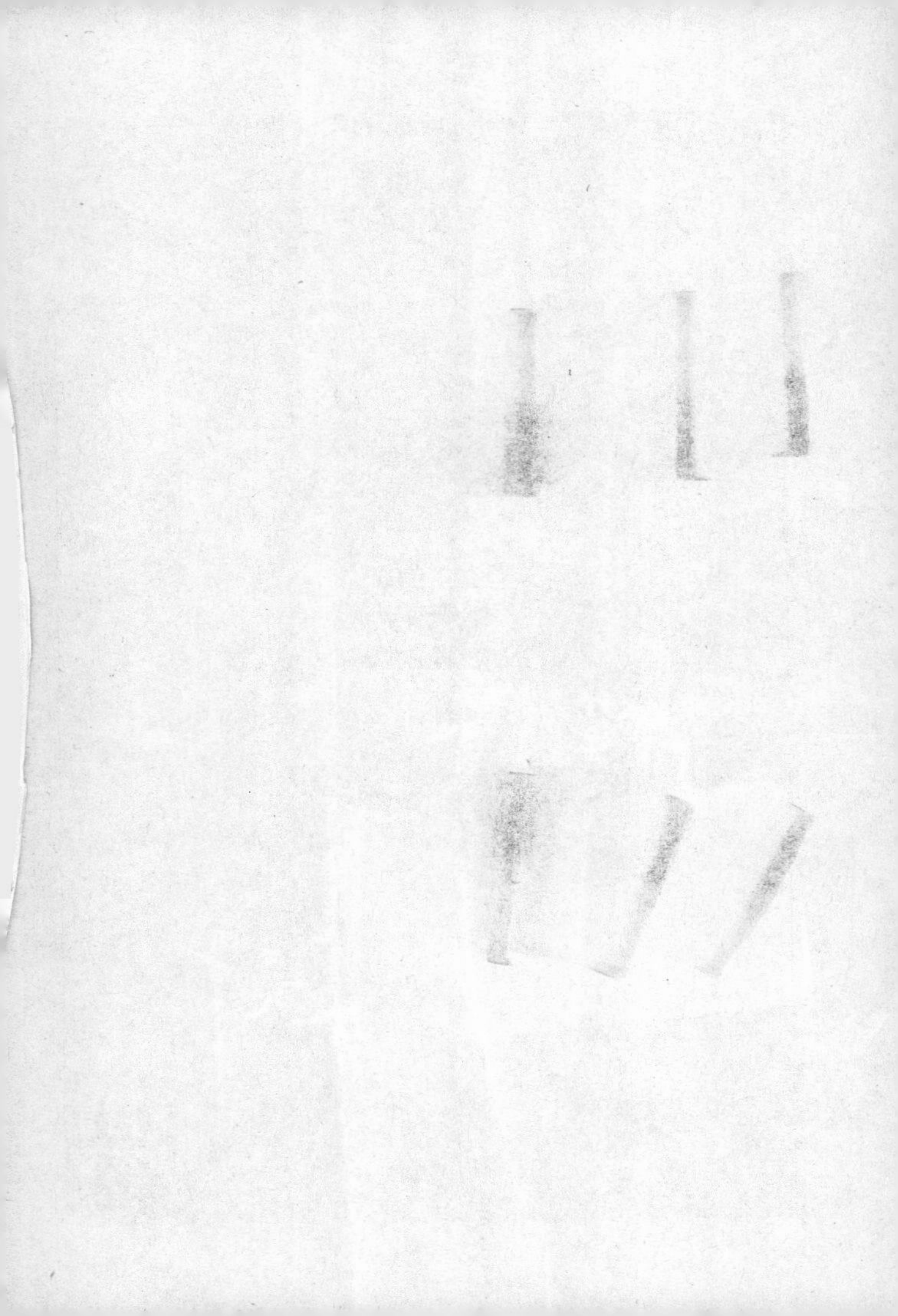

風を結う

針と剣　縫箔屋事件帖

[目次]

一　桜花模様

足を一歩、前に出す。

気合とともに竹刀を振り下ろす。

風の唸りを聞く。

汗がほとばしる。

足を引き、深く息を吸い込むと、花の香りまで流れ込んできた。とろりと甘く、芳しい。沈丁花だろうか。

おちえは額の汗を拭い、視線を巡らせてみた。

明けたばかりの空には、まだ星が瞬いている。冬の間は冴え冴えと輝いていたが、寒さが緩むにつれ、光が滲み丸くなったようだ。

春は闌けて、江戸の町を花の香が包む。桜の蕾も大きく膨らんで、そう日を待たないで花弁を開くだろう。その桜が散るころには夏のとば口となり、花の甘やかさではなく若葉の青い少し尖った匂いが漂うようになる。

匂いも光も風も雲も花や木々も、冬の鋭さから春の柔らかさに、そして、夏の猛々しさへと駆けるように移っていく。

「早いなあ」

思わず呟いてしまった。

「刻なら、そんなに早くはないよ」

背後からの声に、おちえは咄嗟に竹刀を構え振り返った。

「おっかさん……」

母のお滝が腕を組み、立っていた。

「朝から、やっとうの稽古たぁ見上げた熱心さじゃないか。けど、あたしが後ろにいるのも気が付かないようじゃ、ちょいと心許ないって気もするけどねぇ」

「……他の人なら、とっくに気が付いてたわよ。おっかさんの気配って、何か摑めなくて……おっかさん、もしかして、そうとうな遣い手なんじゃない」

「はは、お生憎さま。あたしゃね、女だてらに竹刀だの木刀だのを振り回すほど、じゃじゃ馬じゃございませんよ」

お滝の機嫌が悪い。

お滝にすれば、一人娘のおちえには、目が覚めたらまず髷を結い上げ身支度を整え、前掛けをきっちり締めて、朝餉の用意なり、庭掃除なり、洗濯なり、ともかく甲斐甲斐しく立ち働いてもらいたいのだ。そして、昼からは頬や唇に紅など差して、ちょっとした娘らしいお稽古事に通ってもらいたい。お針とか、お琴とか、生花とか。それで近所のおかみさん連中と「おちえちゃん、すっかり娘さんらしくなって。ほんと、見る度に別嬪さんになるものねえ」、「あら、そんなことないよ。ほんと、がさつで困ってるのに」、「がさつだなんて、嘘ばっかり。しっとりしたいい娘さんじゃないか。さすが八名川小町と言われるだけのことはあるよ。綺麗で、気が利いて、おしとやかで。非の打ち所がないってのは、おちえちゃんのことだねえ。ほんと羨ましい」、「やだ、おくまさん、そんなに持ち上げないでよ。おちえが調子にのるからさ。針も台所仕事も、まだまだこれから躾けなくちゃいけないところがいっぱいで、苦労してるんだから。ほほほ」なんて、娘自慢を種にしておしゃべりをしたいのだ。それなのに……。

　当のおちえは朝っぱらから、髪を一括りにして背に垂らし、袴姿で竹刀を振るっている。汗を滴らせ、気合を発している。しっとりとも娘らしいともほど遠い姿だ。髷も紅もあったものじゃない。一人娘のそんな姿を見る度に、お滝は不機嫌になるし、眉を顰めるし、時にはせつなげなため息を吐く。

母の望みも、落胆も、嘆きもよくわかっている。感付かないほど鈍くはない。でも、駄目なのだ。どうしても、母の意に添えない。

朝目覚めて、すぐに竹刀を握らないと何となく落ち着かなかった。だから、毎朝、素振りを欠かさない。

おちえだって、あれこれ思い悩むことはある。気落ちすることも、心が騒ぐこともある。竹刀を振っていると、そういう淀んだものが流れていく。流れて、霧散していく。おちえと竹刀だけが、くっきりとした形を保ち、周りのことごとくが消えてしまうのだ。この世にあるのは、己とこの竹刀のみ。そう感じる。何にも替えがたい快感を覚える。

気力がみなぎり、岩をも砕けそうな気がする。

「えーいっ」

おちえは渾身の力を込めて、竹刀を振るのだ。その声を近所の誰かが聞きつけ、あることないこと言いふらしたらしい。

この頃では、「『丸仙』の娘は器量良しだが、男勝りの剣術好きらしい。毎日、やっとうの稽古に精を出してるってよ」との噂が流れ、その噂に尾鰭が付いて、おちえが三十貫はありそうな大男を一撃で伸したとか、素手で山犬を追い払ったとかいうあり得ない与太話まで出回っているとか。それが耳に入ったとき、お滝は驚きで青くなり、それから怒りで赤くなり、また青くなってよよと泣き崩れた。

「何てこったい。手塩にかけて育てた娘が……ここまで悪し様に言われてるなんて……、な、情けない……情けなくて死んじまいたくなるよ。ううう……」

「やだ、おっかさん、こんなことで死なないでよ。悪口じゃなくて、ただの噂じゃない。根も葉もないいいかげんな話でしょ。ちょっと考えれば、山犬がお江戸にいるわけないって三歳の子どもだってわかるから。そんなの誰も信じちゃいないからね。気にしなくていいよ。ね、おとっつぁん」

「うむ。まあな。気にしてもしかたねえしな。けど、このままだったら、さらに話がでっかくなって、おめえが熊と相撲をとって投げ飛ばしたなんて言われちまうかもしれねえな」

「おとっつぁん、止めてよ。金太郎さんじゃあるまいし、熊と相撲だなんてまっぴら御免です。毛むくじゃらで締込みだって付けてないでしょうし」

「はは、違いねえ。熊の締込みたあ、上手いこと言うじゃねえか」

　父の仙助と笑い合ったとたん、お滝の怒声が降ってきた。

「二人ともふざけるんじゃないよ。何を暢気に笑ってんのさ。馬鹿なこと言ってる場合かい。いい年した娘がこんな噂を流されて、どうするつもりなんだい。おちえの一生、滅茶苦茶じゃないか。え？　どうするんだよ」

「一生、滅茶苦茶って……そんな大げさな」

おちえは呆れるが、仙助は立ち上がり「まっ、あんまり、おっかさんを困らせないで、おとなしくしてるんだぞ。わかったな、おちえ」などと言い残して、そそくさと仕事部屋に消えてしまう。上手く逃げたのだ。

仙助は三代続く縫箔屋『丸仙』の主だ。腕の良さでは定評のある縫箔師でもあった。『丸仙』は抱えの職人が十人足らずの小体な構えではあったが、仕事が丁寧で見事であるとの評判が評判を呼び、なかなかに忙しい。が、このときは注文を幾つか仕上げた後で、そこそこ暇があったはずだ。

お滝が怒ったり、泣き出したりすると、仙助はたいてい姿をくらますか、はいはいと素直に頭を下げるかだった。要するに、尻に敷かれているのだ。仕事一筋、職人気質の仙助にかわって、お滝は『丸仙』の奥を取り仕切ってきた。住み込みの職人の世話から、金の工面、職人やその家族の愚痴の聞き役や相談役までこなしてきた。お滝がいないと、『丸仙』は回らない。仙助は、よく心得てもいるし、ありがたくも思っている。だから、余程のことがない限り、女房に口答えも逆らいもしなかった。やはり、どう見ても尻に敷かれているとしか思えない。

仙助が体よく逃げ出したものだから、おちえは母親から懇々と説教されるはめになってしまった。説教が一段落したときは、足が痺（しび）れて立てなかったほどだ。そこをまた、竹刀は振り回せても正座の一つもきちんとできないのかと皮肉をぶつけられ、内心、大いにむくれはしたものの、文句は言わなかった。言えば、さらに説教が延びると、骨の髄まで承知しているからだ。

おっかさんには、わかんないんだ。

苛立（いらだ）つような、せつないような、口惜（くや）しいような、淋（さび）しさと申し訳なさが綯交（ないま）ぜになって渦巻くような、何とも言い表せない心持ちになってしまう。そうすると、まともに母の顔を見られなくて、横を向く。あるいは、目を伏せる。

おちえにとって、竹刀は生きていく縁（よすが）の一つだ。

きれいさっぱり捨て去ることも、諦めることもできずにいる。

足を踏み出し、八双から真っすぐに打ち下ろす。横にはらい、すぐさま返す。突き、打ち、踏み込み、受ける。

身体（からだ）が動き、心が澄んでいく。

竹刀が己か、己が竹刀か判然としなくなる。恍惚とした気分の最中で、おちえはふっと現に引き戻される。引き戻すのは、頬を撫でる風だったり、鳥の囀りだったり、棒手振の売り声だったりする。今朝は、花の匂いだった。

花が匂い、おちえは我に返る。己の現に立ち戻る。

縫箔屋『丸仙』の一人娘。今年十七になった。嫁入り、いや、婿取りの話が持ち上がる年頃だ。町方の娘が剣と共に生きられるわけもなく、どう足掻いても、きれいさっぱり捨て去り、諦めるしか途は見えない。餓えるわけでなく、凍えるわけでなく、口煩くはあっても情深い母と度量の広い父に守られて、ぬくぬくと暮らしている。不幸せだなんて口にしたら天から罰が下るだろうと、おちえ自身が誰よりよく心得ている。でも、やはり、苦しい。辛い。竹刀を抱きかかえて泣きたくなる。

そんな現だ。

「さっ、もう直に職人たちが動き出すよ。一さんなんか、半刻も前に起きて竈の火起こしだの角の掃除だの、きっちり済ませてんだからね。おまえも少しは、しゃきしゃき働きな」

「一さんは働き者なの。ちょっと過ぎるぐらいじゃない。比べられても困るけどな」

困る前に見習いなと荒い口調で諭されるかもと思ったが、お滝はやけに素直に「そうだね」と肯った。

「一さんは、よくやってるよ。正直、一月持たずに音を上げちまうんじゃないかって……」

「思ってた？」

「思ってたね。まっ、けっこう踏ん張って一人前の縫箔師になるか音を上げてとんずらしちまうか、半々てとこだったけど、どうやら、踏ん張っているようだねえ」

「まだ、わかんないわよ」

「おや、おちえ、一さんには厳しいんだね」

お滝が顔を覗き込んでくる。おちえは、わざとあらぬ方向に目をやった。覗き込んできた眼差しが、意外に鋭かったからだ。

「別に厳しくなんかない……。だって、一年、二年、頑張って……ううん、五年も六年も頑張って、それでやめていく人だって、けっこういるじゃない。あたし、そういう人、見てきたから……」

生まれたときから縫箔屋の娘だ。

十二、三のころから『丸仙』に弟子入りし、十年以上の修業の後、一人前の縫箔師として世に出て行く者たち、店に留まりながら仙助の手助けをする者たちを何人も見てきた。中には、仙助の腕にほれ込んで、独り立ちするより『丸仙』の職人として全うする道を選んだ者もいる。みんな、おちえよりずっと年上だ。優しかったりぶっきらぼうだったり、酒好きだったり下戸だったり、おしゃべりだったり寡黙だったり、角ばった下駄顔だったりすっきりした顔立ちだったり、性質も容姿もさまざまな男たちはしかし、一様に、針を手にしたとたん職人の眼になった。

糸の色は時の移ろいの内に僅かずつ褪せていく。刺し終えたばかりの鮮やかな美と褪せてなお、いや褪せたからこその美しさまで見通して、糸を通す。千年の命を保つという縫箔の今と千年先を見据える眼を職人たちは有していた。

そこに至るまでに挫けた者、諦めた者、己を見限った者も大勢いる。肩を落とし、あるいは怒らせ、時には捨て台詞や涙を残して去っていく男たちをおちえは幾人も知っている。

「どんな仕事だって向き不向きがある」

仙助は言う。

「向いてる仕事を捜してうろつく余裕なんて、おれたちにはねえ。けどな、この縫箔の仕事に限っていやあ、向いてねえとどうしようもねえんだ。石の上にも三年ってよく聞くけどよ、三年が五年、五年が十年でもどうしようもねえんだよ。向いたやつ、もっといやあ才のある者しかできねえ。技は身に着けても、それを生かす才がねえとやってられないのさ」

「生かす才って、上手に刺せるかってこと？」

首を傾げたおちえに、仙助はかぶりを振ってみせた。

「そういうこっちゃねえんだ」

「じゃあ、どういうことよ」

「どうって……」

おちえは身を乗り出す。

「ね、どうして？　教えてよ、おとっつぁん」

うーんと仙助は低く唸り、眉間に皺を寄せた。苦り切った……とまではいかないが、ほろ苦く悔いている。そんな表情だった。縫箔の仕事のあれこれを口軽くしゃべってしまったことを悔やんでいるのだ。おちえは心に引っ掛かったことをそのままにしておかない、しておけない性質で、つい相手を問い詰めたり、続きをせがんだりしてしまう。それで、またお滝から小言をもらうはめになる。

「いいかげんにおし。『どうして、どうして』が可愛いのは、よくて五つまでだよ。おまえ幾つになりだい。その年で聞きたがり屋だなんて、はしたないを通り越してみっともない。下世話好きも大概にしなよ」

と。おちえは肩を竦め、殊勝に謝ったりもするが納得はしていない。下世話好きと一括りにされれば腹も立つ。

五つだろうが、十七だろうが、四十、五十だろうが知りたいものは知りたい。古希になっても喜寿であっても知らないことは知りたい。知れば視野が開ける。未知の世に一歩踏み出す高揚感を味わえる。世の中には、知らない方がいいことも、知ってはいけないこともある。多々ある。他人の秘密を無理やり穿り出すのも、あやふやな噂話を吹聴して回るのも卑しい、恥ずべき行いだとも心得ている。心得たうえで、決して卑しい、恥ずべき行いだけはすまいと誓ったうえで、それでもと思うのだ。

それでも、あたしは知るべきことから目を逸らしたくない。

いや、そんな立派な決意の類ではなく、お滝の言う〝みっともない、下世話好き〟であるだけかもしれない。でも、自分には関わりないと横を向き、何も知らずにいたら、萎れる気がする。己の中の若さが萎れ、縮んで、枯れていくように感じるのだ。現の年は関わりない。おちえと同い年か下でもどこにも何にもほとんど興をもたず、妙に老いている女も、老婆と呼ばれる年齢であっても眼の中に生き生きとした光を宿して瑞々しい者もいる。おちえは、瑞々しく年を経ていきたい。自分の内の『どうして、どうして』を失いたくないのだ。

仙助はむろん娘のそんな性分を百も承知している。お滝のように、頭から悪癖と決めつけもしない。だから、たいていは、

「やれやれ、また、おちえの知りたがり病に火を点けちまったかな。まったく厄介な娘だぜ」

と、苦笑いしながらも応じてくれる。ただ、このときは、芯から答えに難渋し、本気で悔やんでいる素振りだった。

「……そんなに、答え辛いことなの」

「うーん」とまた一声唸り、仙助は娘に視線を向けた。

「答え辛いっていうか……、ちょっと口幅ってえかもしれねえな」

「父娘じゃない。いいわよ、口なんて幅ったくても、平べったくてもかまやしないんだから」

「上手いこと言うじゃねえか。おまえ、年々、おっかさんに似て頭も舌も回るよう

になるなあ。先が思いやられるぜ」

「それ褒めてるの、貶してるの」

「まっ、そりゃあ受け取り方次第ってわけさ。はは」

「それで、おとっつぁん、縫箔の技を生かす才ってどういうこと？　ね、ちゃんと教えてよ」

ごまかされそうな気配を感じ、おちえは父親の膝を軽く叩いた。

「うむ……、だからな。つまり、匂いさ」

「匂い？」

「うん、匂いだ。それと音」

「音？」

匂いや音が縫箔とどう結びつくのか、おちえにはどうにも思い至らない。となれば、さらに知りたくなる。

「技を磨けば、針の遣いは上手くなり、見場のいい縫箔はできるようになる。ここまでは、修業を積めば、たいていのやつはできるようになるんだ。ここまではな」

「その先が……ってこと？」

「うん、まあそうだが、おい、おちえ、そんなに近寄ってくるんじゃねえ。頰っぺたがくっつくじゃねえかよ」

「別にかまわないでしょ。赤の他人じゃないんだからさ」

「まったくよく言うぜ。普段は、親の話なんてろくすっぽ耳を貸さないくせによ。そんなに近づかなくたって、話はできらぁ」

「そんなに嫌がらないでよ。おとっつぁん、昔はよく膝に載せてくれたじゃない」

「へっ、今だっていいぜ。その尻をでんと載せてみなよ」

「まっぴら御免です。さあ、早く。そろそろ台所を手伝わないと、おっかさんにどやされちゃう、急いでよ」

今度は、ぴしゃりと音が響くほど強く膝を叩く。本当に痛かったのか、笑ったのか、仙助は口元を歪めた。

「その気短なのも、おっかさん譲りだな。だからな、その先が音や匂いなんだよ。本物の縫箔屋の手にかかると……そうさな、例えば……友禅の小袖に桜の蕾を縫い取りしたとする、な。桜花模様だ」

「うん」

「何が変わると思う」

「え？」

「縫い取りをすることで、桜の蕾はどう変わるかと問うたんだよ」

「え……変わるって、それは、縫い取りしないときよりずっと鮮やかになるっていうか、華やかになるっていうか……でしょ」

寛文、元禄の時代を境に、小袖の流行は刺繍や鹿子絞りから友禅に代表される染へと移っていった。今、寛文、元禄小袖のように意匠のほとんどを刺繍に依るものは、歌舞伎衣装や化粧回しを除いてめったにない。

染の模様の縁を縫い取り、さらに艶やかにし、さらに膨らみをもたせる。それが、縫箔屋の主な仕事になっていた。むろん、仙助ほどの縫箔師となると、注文は途切れることなくある。しかし、かつてのように、小袖意匠の主役になることはもうないだろう。

縫箔は今の世に添って新しい行く末を模索し、進もうとしている。おちえの知っているだけでも、二軒の店が本所深川から消えた。一軒は親方の急死が理由だが、もう一軒は商売が成り立たず、夜逃げ同然に江戸を出たのだと聞いた。新しい行き方を見つけられなければ、道を変えるしかない。

「艶と膨らみと……そうでしょ、違う？」

おちえは父親をちらりと見やる。

「いや、合ってるっちゃあ合ってる。けどな、それだけじゃないんだ。縫い取りをすることで、布の上の桜に匂いや音まで付け加えられて、初めて、本物の縫箔屋は胸を張れる。ふっと桜の香りが匂い立つ、蕾が風に揺れる音を聞く。そこまで騙せて、一人前ってとこかな」

「人を騙すの」

「人のここを騙すのさ」

仙助が人差指で自分のこめかみあたりを指す。

「頭？」

「そう、お頭だ。布の上の桜が匂うわけがねえ。音を立てるわけがねえ。人のお頭はそう考える。けど、眼は思っちまうのさ。こんな見事な桜が匂うのも、風にそよぐのも当たり前だとな。で、お頭は眼に騙される。本当に匂いを嗅いで、音を聞くのよ。そこまでの才が備わってねえとな」

「そういえば、おとっつぁんの手がけた打掛の模様で、牡丹の花弁が散ったとか、鳥が羽ばたいたとか噂されたことあったものね」

「あ、いやいや、それは些か大げさな話だ。みんなが、おもしろがって吹聴しただけじゃねえか。お、おれは別に、おれが才人だとか……そんな意味で言ったんじゃねえよ」

仙助は悪さを見つかった童のように、首を竦め、頬を染めた。照れているのだ。自分の仕事に自信も矜持も持ってはいるが、それを称賛されれば、仙助はいつも戸惑いと羞恥を浮かべて、赤面する。赤面しながら、縫箔職人としてまだ成熟したわけではない、まだ先代には遠く及ばないのだと、もごもご呟いたりする。

驕らず偉ぶらず精進を続ける。おちえは、父親のそんな一面が好きだし、誇りにもしていた。正真正銘、本物の職人だと思っている。思っているのは、おちえだけではないらしく、仙助に弟子入りを望む者は多くいた。江戸の外、武蔵国や相模国からもやってくるほどだ。ただ、生半可な気持ち、ただの憧れだけでやってきた者の大半は、短くて三カ月、長くても一、二年で去っていく。

仙助は弟子をめったにとらないだけでなく、怠け心やいい加減さを決して許さなかった。普段の温厚な人柄や様子からは考え及ばないほど、厳格で容赦ない親方になる。それに耐えきれずやめていく男たちを『丸仙』の娘として、見送ってきたのだ。

風が吹いて、また芳しい香りが揺れた。

遠くで豆腐屋の売り声が響いてくる。

空の星はいつの間にか失せて、頭上に朝方のしっとりと濡れたような青と強くきらめく光が広がっていた。

「一さんなんて、まだうちに来て半年じゃない。先のことなんか、わかるもんですか」

おちえはわざと、突き放すような言い方をした。

「だいたい、二千石の旗本の若さまが縫箔職人になるなんて、前代未聞ってやつじゃない。どうなるかなんて、お釈迦さまでもわかりゃしないわよ」

娘の台詞に、お滝がかぶりを振った。

「そうかい、あたしはわかるけどね。つまり、お釈迦さまより、よく先が見えてるってことかね。ありがたい話じゃないか」

「見えてるって……」

「一さんは本物だよ」

お滝がぽつりと言う。生真面目な物言いだった。ただ、鼻は甘やかな香りを捉えたのか、ぷくりと膨らむ。

「おまえは縫箔屋の娘かもしれないが、あたしは女房さ。おまえより、ずっと多くの職人を知ってる。半端な者も一人前の者も、本物も偽物もたんと、ね」

お滝は軽く息を吸い込み、鬢の毛をそっと撫でた。そして、

「一さんは本物だよ」

と、繰り返す。

「あの子は縫箔に心底から惚れ込んでる。石にかじりついても、一流の職人になるだろうさ」

「あの子って、子ども扱いする年じゃないでしょ」

「ふふん」

お滝が薄笑いを浮かべた。

「おちえ、おまえ……」

「な、なによ」

「要するに何かい。一さんに、職人になってもらいたくないのかい」

「まっ、な、何でそんな馬鹿なこと言うの。一さんが励んで、望んだとおりの縫箔屋になれるんだったら、めでたいじゃないの。ええ、おめでたいわよ。そんな日がきたら、あたし心からお祝いしてあげる。ええ、尾頭付きの鯛だろうが、初鰹だろうがどんと振る舞って、盛大にお祝いしてあげるんだから。何よ、おっかさん、何

がそんなにおかしいのよ」

　お滝は伏せていた顔を上げ、あははと小気味よい笑い声をたてた。驚いたのか、梅の枝に止まっていた雀が数羽、飛び立つ。

「おまえは、ほんとにわかりやすい娘だね」

「わかりやすいって、何がよ」

「本心を隠そうとして慌てると、妙におしゃべりになっちまうんだよねえ。昔っからそうさ」

　不覚にも息を詰めてしまった。「むぐっ」というくぐもった変てこな音が喉の奥でした。お滝がまた、にやりと笑う。

「あれは、幾つのときだったかねえ。六つだったか、七つだったか、そのあたりだったね。お隣に住んでいたお喜代ちゃんとひどい喧嘩をしたことがあっただろう。喧嘩っていうか、おまえがお喜代ちゃんに怪我させたんだよね。突き飛ばしたとかでお喜代ちゃん、血が滴るほど膝小僧を擦りむいてしまって、大泣きして……。おとっつぁんと謝りに行ったよね」

「……それがどうかした？　ずい分、昔の話でしょ」

「いや、あのときも、おまえはよくしゃべってたなあって。何だかむかむかしてお喜代ちゃんを押しちゃったんだとか、お喜代ちゃんは身体が大きいから負けると思って力いっぱいぶつかっていったら、勢いよく転んでしまったとか、これからは二度とこんな真似をしないから堪忍してとか、そりゃあもうべらべらしゃべったじゃないか。それで、あたしは気が付いたのさ。ははん、これは裏があるなって」

「おっかさん、裏があるなんて大げさでしょ。たかが子どもの喧嘩じゃない。だいたい、そんな古い話を」

「いいから黙ってお聞き。そしたら、案の定さ。次の日、お喜代ちゃんのおっかさんが逆に謝りに来てさ。何でも、お喜代ちゃんがうちの松吉のことを嗤って、それにおまえが腹を立てたんだって」

松吉というのは、当時、『丸仙』に住み込んでいた職人の一人だった。右足が悪く、引きずって歩いていた。お喜代は松吉のその歩き姿を嘲笑ったのだ。お喜代は同い年の気の合う友だちであり、松吉は物心ついた時からすでに傍らにいて、なにくれとなく可愛がってくれた大好きな〝おじさん〟だった。

仲良しだった女の子が大好きなおじさんの歩き方をおもしろおかしく真似て、あまつさえ嗤った。それが赦せなかった。赦せなくて、鳥肌が立つほどの嫌悪を覚えた。嫌悪は怒りに変じ、止めてと何度叫んでも物真似を止めないお喜代を突き飛ばしてしまったのだ。

もう十年以上も前で、つまびらかには覚えていないが、ぞわりと肌が粟立ち、胸の奥が苦しいほど熱くなったことだけは記憶に残っている。

「おまえ、本当のことを言うと松吉が傷付くって考えたんだろう。それで、お喜代ちゃんを突き飛ばしたわけを黙っていた。あたしたちに、なぜこんな真似をしたと問われてもちゃんと答えられないものだから、べらべらもっともらしいことをしゃべってごまかそうとしたんだったね。まあ、まだ肩上げもとれるかとれないかって年のくせに、親をごまかそうってんだから、たいしたもんさ」

「別にごまかそうとしたわけじゃなくて……。言いたくなかっただけで……」

おちえは唇を尖らせる。

「お喜代ちゃんのおっかさんが謝りに来たもんで、結局、事のあらかたが松吉の耳にも入っちまって……。松吉、おいおい泣いて、『おちえちゃんは優しい子だ』って繰り返してたよね。でも、おとっつぁんは、どんなわけがあっても他人を傷つけたのは、おちえが悪いって言い張ってたけど、ちょっとは、ほっとしただろうさ。おまえがわけもなく他人を傷つけるような娘じゃなくてよかったってね。まっ、あたしとしては、半々の気分だったっけ。おまえが松吉を庇ったのは嬉しいし褒めてもやりたかったけど、怪我を負わせたのはちょっといただけないからね」

「……違うの」

「へ？」

「違うと……思う。あたし、あのとき、松吉のおじさんを庇う気持ちより、お喜代ちゃんが嫌だったの。ほんとに嫌で嫌でたまらなかったんだ」

お滝が首を傾げる。問うように両眼を瞬かせる。おちえは、母親からこの黒目勝ちな眼の美しさを譲られた。

「うん、思い出したよ、おっかさん。あたし、お喜代ちゃんが好きだった。お喜代ちゃん、すごく明るくておもしろくて、一緒にいると楽しかったもの」

「ああ、そうだね。近所の子どもたちの中でも、おまえたち特に仲良しだったものね」

「そう仲良しだった……。でも、あの時のお喜代ちゃんは、松吉おじさんをからかったお喜代ちゃんは、すごく嫌な感じだったの。人が変わったみたいで……意地悪で、下卑ていて……」

人が変わったというより、お喜代の中の隠れていた一面、それまでおちえが気が付かなかった姿が露わになったのだ。それを振り払いたかった。元のお喜代にもどってほしかった。もしかしたら、熱い怒りと感じた情動は実は怯えであったかもしれない。ほんの童であった頃には気が付かなかった自分の心の内を、おちえはやっとまともに覗き見た気がする。胸の鼓動が速くなった。

自分の内にも得体の知れない面がある。摑み切れないものがある。人ってこんなにもややこしくて、難しい。

お喜代とは仲直りしたけれど、それまでのように屈託なく付き合えなくなった。間合いができたと言うか、おちえは言葉にできない拘りを胸に抱いてしまったのだ。おそらく、お喜代も。

そう、お喜代も察したのだ。おちえが自分の内側を垣間見て、怯えたことを。

剣にも人にも間合いがある。詰めようと思えば、一歩踏み出せばいい。お喜代に対し、それができなかった。幼かったからではない。おちえの内に躊躇いがあったからだ。

おちえは、そっとかぶりを振った。

もう昔のことではないか。済んだことではないか。忘れ去っていた記憶ではないか。今更、胸を騒がせても仕方あるまいに。

「月日の経つのは早いもんだね」

お滝が長い息を吐き出した。老女のように背を丸め、身を縮める。足取りまで重くなった。

「松吉は亡くなっちまったし、お喜代ちゃんはお嫁にいって、年初めには赤ん坊ができたって言うじゃないか。赤ん坊だよ、赤ん坊。羨ましい話さ。ほんとに、涎が垂れそうだ。同い年だって言うのにさ、あちらはもう赤ん坊を抱っこしてる。それに比べこっちの娘は、朝っぱらから竹刀を振り回してんだからねえ。何なんだい、この違いは。お釈迦さまに教えていただきたいよ」

「おっかさん、やたらお釈迦さまを引っ張り出さないの。罰が当たるよ。それに、あたしたち、お喜代ちゃんじゃなくて一さんの話をしてたんじゃないの」

「ああ、そうだったね。まあだから、おまえがべらべらしゃべるときは、裏に何かあるってそういうことさ。つまりね」

そこで、お滝はまたため息を吐いた。

「おまえは一さんに縫箔屋になってもらいたくないんだろう。お武家さまのままでいてもらいたかった。できれば、お武家の吉澤一居さまに戻って欲しい。そう望んでんじゃないのかい」

図星だ。あるいは、とんでもなく的外れだ。

おちえはどちらとも答えられなかった。どちらも望んでいないのかもしれない。おちえが望んでいるのは……。

「もしそうなら、諦めるんだね」

お滝がくっと背を伸ばした。そして、いつものさばさばした調子で続けた。

「あたしの眼が曇ってなけりゃ、一さんは、とびっきりのいい縫箔屋になるさ。それだけの器だよ。そして、あたしの眼はめったなことじゃ曇らないのさ。あらいけない。豆腐、買わなくっちゃ」

おまえもさっさと手伝いなと言い捨てて、お滝は裏木戸へと駆け去った。

「おっかさんの言う通りかもしれない。でもね、吉澤さまは、剣士としても本物なんだよ」

一人、呟いてみる。

住込み弟子の一さんではなく吉澤一居として語れば、紛れもない一流の剣士なのだ。少なくとも、おちえは一居より強い剣士を知らない。

一度でいい、吉澤さまと竹刀を交わしてみたい。

おちえの望みだった。

勝てるとは露も思わない。

あの速さ、あの変化、あの剛力。

一居の剣は、とうていおちえの及ぶところではない。それは誰よりおちえ自身がわかっていた。骨の髄にぎりぎりと食い込むほどわかっている。

口惜しくはない。

敵わぬことを口惜しがれる程度の差ではないのだ。ただ望みを果たしたい。

我知らず唇を噛んでいた。このごろ、おそらく長く通っていた八名川町の榊道場が閉門となったころから、癖になってしまった。思い悩むとき、心が重く沈むとき、気付けば唇を噛みしめている。そのせいではないだろうが、おちえの唇は紅を差しているのかと見間違うほど紅い。その唇にも肌にも底光りする艶が滲んで、道を行けばすれ違った者が振り返るほどの美しさがおちえを包んでいた。

おちえはそんなことに頓着しない。というより、何も気が付いていない。「おちえちゃん、ほんと別嬪におなりだね」と声をかけられれば悪い気はしない。悪い気はしないが、有頂天になるほどでもなかった。娘盛りが過ぎても〝別嬪〟でいられるとは限らない。よしんば年を経ても〝別嬪〟であったとして、それがおちえの日々に幸いをもたらすかどうかは定かではない。

おちえは、『丸仙』の一人娘だ。そう遠くない将来に、婿を取らねばならない。

娘からお内儀さんになるのだ。お滝に代わって、『丸仙』の奥向きをしっかり支えなければならない。眩しいほどの美女ならともかく、ちょっとばかりの美貌などさほど用をなさない。

お滝はその昔、名の通った絵師から美人画の誘いを受けたことがあるそうだ。その事実をお滝の実弟、馬喰町で蠟燭問屋を営む儀造叔父から聞いた。美しくて気風のいい姉は弟の自慢の種だったとも打ち明けて、叔父は肩を竦め笑った。

おちえの顔立ちの中には、眼の形だけでなく母から譲り受けたものが多々ある。

そのお滝は、確かに今も色香の残る女人ではあるが、それで得をしているとも楽ができているとも思えない。嫁入り道具だったという合わせ鏡は、ときたま研ぎには出されるものの、お滝がその前で化粧をしたり、髪を結ったり、ただ覗き込んで自分を見詰めていたりする姿を、ついぞ見かけたことがない。

忙しいのだ。

職人でも、商家でも、百姓でも女房は亭主以上に忙しい。動かねば、働かねば暮らしが成り立たなくなる。顔の美醜などに拘っている暇はないのだ。

美しいと称されるのは嬉しい。けれど、生きていく上で大切なのは別のところにある。幸せであるから美しく照り映える者はいるけれど、美しいだけで幸せを約束される女は稀だ。

おちえは母から、そう教えられた。

確かにそうだと合点している。

竹刀を無心で振る。その一時が、おちえは好きだ。好きな一時があるということは、幸せに結びつく。叩きのめされてもいい。竹刀を握れるなら、さらに、渾身の一撃を打ち込める相手がいるなら重畳ではないか。

口の中に微かに血の味が広がった。強く嚙みしめすぎたらしい。

榊道場はある事件により、閉門を余儀なくされた。その事件に巻き込まれた師範代沢原荘吾が切腹し、門弟の一人が下手人として捕らわれたのだ。事の衝撃を受け止めかねたのか、師の榊一右衛門は倒れ、今でも病の床に臥したままだ。

おちえの一番好きだったものが、場所が消えてしまった。あっけなく、否応なく、この手から滑り落ちてしまった。

泣きたくなる。

どうしていいか、わからない。

辛気臭い！

自分で自分を何度叱咤しても、行き場の無い想いは胸の中にうずくまったままだ。

重くて仕方ない。

空を見上げる。

晴れて、青くて、綺麗だ。その青さが、美しさがなぜか苛立たしかった。

あぁ、懐かしいなあ。

道場の武者窓から覗いていた青空が懐かしい。

竹刀を打ち合う音が、足裏に伝わる道場の床の冷たさが、交錯する掛け声が、道場裏の柿の木が、おちえを町方の者だとも女だとも見下すことなく、本気で対等に相手をしてくれた門弟たち一人一人が懐かしい。思い出すたび、胸が痛む。

榊道場の閉門はおちえの娘時代の終わりを告げた。もう、女だてらに竹刀を握っていられる年でも身分でもない。お滝に説教されるまでもなく、いいかげんに踏ん切りをつけなければならない。拘っても、縋(すが)りついても、どうしようもないのだ。

わかっている。

わかっているから、辛い、苦しい、痛い。

本当に息が詰まるみたいだ。

目眩(めまい)がする。

竹刀を抱え、おちえはその場にしゃがみ込んだ。

「おじょうさん」

唐突に、人の温もりに包まれる。

「どうしました。大丈夫ですか」

低いけれど柔らかな囁きが耳朶に触れた。

吉澤さまと言い掛けた一言を、おちえは辛うじて呑み込んだ。

「わたしに摑まってください。歩けますか？」

「一さん……」

大丈夫、ちょっとくらっと来ただけ。平気だから。

笑って答えようとしたけれど、言葉にならない。代わりに、どうしてだか涙が零れた。

「おじょうさん」

一居の声が戸惑いに揺れる。

「ほんとに大丈夫ですか。無理をしないでください」

止めてください、吉澤さま、あたしに、そんなに優しくしないで。

涙が止まらない。

悪心がする。

頭の中が回り灯籠になったみたいだ。ぐるぐる回って、眼を開けられない。血の気が引いていく音が耳奥で響いた。

「おちえどの、おちえどの、しっかりされよ」

よほど慌てているのだろう、一居の物言いが武家のものになる。身体が抱えあげられて、頬が一居の胸に触れたところまでは覚えている。後は、わからない。いや、一居の鼓動を聞いた。とくっとくっと命を刻む音が遠ざかる。おちえは、すうっと暗闇に引きずり込まれていった。

闇は深くて、何も見えない。

水の流れる気配がする。気配だけだ、何も聞こえない。

音もなく、匂いもない。

あたし……死んじゃったのかな。

胸に手を当てる。

とくっ、とくっ、とくっ、とくっ。

心の臓は動いてる。まだ、死んじゃいないんだわ。あ、それとも、これは、あたしじゃなくて吉澤さまの？

そうだ、そうかもしれない。

あたし、きっと死んじゃったんだ。一生、この闇に閉ざされて生きていかなくちゃいけないんだ。

どうしよう？　どうしよう？

ああ、でも、死んでるのに一生も、生きていかなくちゃいけないもないもんだわ。なんて……自分に突っ込んでもしようがないじゃない。なにやってんの、おちえ。しっかりしなさい。生きているなら、死んじゃいないんだから。

眼を凝らす。

でも闇しかない。漆黒の闇、黒に黒を重ねて、さらに黒染めを施したような闇だ。

怖い。泣き叫びたいほど怖い。

「おちえ、おちえ」

あ、おっかさんが呼んでる。

あたりを見回したとたん、光が走った。その光に闇が砕け、散り散りになっていく。

「おちえ、おちえ」

瞼を持ち上げる。

すぐ目の前に、お滝の青白い顔が浮かんでいた。

「きゃっ」

悲鳴が飛び出した。心の臓は、とくっとくっというような可愛いものではなく、どぐんっと大きく震える。

「やだ、おっかさん、どうしたの。ち、近すぎるよ、顔が」

「は？　おふざけじゃないよ。心配してやったのに、何て言い草だよ。まったく、この娘だけはどうしようもないね」

お滝が大きく息を吐き出した。

「でも、よかった。このまま目を開けなかったらどうしようって……ほんとに、よかったよ」

お滝の声音が湿り気を帯びる。

「あたし……気を失ってた……」

「そうだよ。庭にしゃがみ込んでたのを一さんが見つけて、運んでくれたんだ」

「吉澤さまが……」

「一さんだよ」

娘の物言いをぴしゃりと正したお滝は、もういつもの乾いた口調に戻っていた。

「そうか、一さんが運んでくれたんだ」

「覚えてないのかい」

「……何となく、持ち上げられた気はしたけど……目が回って、何が何だかわかんなくなっちゃって……」

「そうかい、おまえは元気なだけが取り柄なのに、いったい、どうしたんだろうね。どこか、悪いとこがなきゃあいいけどさ。おとっつぁんなんか、あんたよりよっぽど青くなってたよ」

「元気なだけが取り柄って、ちょっとひどかない」

「はは、それだけ言い返せるなら大丈夫かねえ。おとっつぁん、大慌てで飛び出していったけど」

お滝が口をつぐむ。

廊下で派手な物音がしたからだ。人が転がった音だ。仙助の呻きが続いた。

「いて、いててて」

「まあ、あんた、どうしたんだよ。そんなとこで、すっ転んで」

「馬鹿野郎。転びたくて、転んだんじゃねえ。焦って、足が縺れたのよ。くっ……

おれのことなんざ、どうでもいい。先生、早く、娘を、おちえを診てやっておくんなさい」

「おちえちゃん？　なんと、病人はお内儀さんじゃなくておちえちゃんだったのか。『丸仙』の旦那が血相変えて駆け込んできたから、てっきりお内儀さんに何かあったかと思ったよ」

いかにも強そうな髪を総髪に結った医者が、部屋に入ってくる。手には薬籠を提げていた。

「宗徳先生、すみませんねえ。ご足労かけまして。今、目を覚ましまして……」

お滝に向かい医者は軽く頭を下げた。それから、おちえの傍らに腰をおろす。

六間堀町に住む井筒宗徳は、おちえが生まれる前から、『丸仙』のかかりつけの医者だった。鶴のように痩せて、仙助とそう変わらない年であるはずだが、かなり老けて見える。しかし、仙助よりよほど健脚だ。急病人が出れば、夜中でも駆け付けてくれるし、貧しい家からは無理な薬礼は取らない。腕も確かで、仙助もお滝も、宗徳以外の医者にかかるなど考えてもいない。

「どれどれ、どんな具合だ」

宗徳はおちえの脈をとり、瞼の裏と眼の中をしげしげと覗き込み、舌の裏側を調べ、腹のあたりをかなり強く押した。

「どこか痛むとこがあるかね？　親方の話だと急に倒れたそうだが、どういう塩梅だ」

宗徳の声は深くて耳にとても心地よい。その声であれこれ尋ねられると、隠し事なく何もかもをしゃべりたくなる。

「ふむ。目が回って、悪心がしたわけか。今まで、そんなことがあったのかね」

「いえ……それほどのことは……。でも、何となく頭が重いと言うか、気分が優れないことはありました」

「ふむ、そうか……夜はどうだ。ぐっすり眠れてるのか」

「あまり……」

「眠れない？」

「眼が冴えて、明け方近くまで寝られないときもたまに……」

「ふーん、そういうことか」

宗徳が腕組みをする。眉間に深い皺が寄った。

「先生、どうなんで」

仙助が身を乗り出してくる。

「悪い病ってこたぁありやせんよね。先生、親が言うのも何ですが、おちえは元気なだけが取り柄のやつなんです。ですから、お願いします。何とかしてやってください。治してやってください」

「あんた、止めておくれよ。元気だけが取り柄だなんて、おちえに他に取り柄がないみたいに聞こえるだろ」

「亭主の言うことに揚げ足取りするんじゃねえよ。生きるか死ぬかってときに、取り柄なんてどうでもいいだろうが」

「誰が生きるか死ぬかなんだよ。どう見たって生きてるじゃないか。勝手に重病人にするんじゃないよ」

父と母の掛け合いは、本人たちが大真面目な分、おかしさが募る。おちえは噴き出してしまった。

「ほう、笑えるのか」

宗徳が愁眉を開く。

「うんうん、いい笑顔だ。この分なら心配はいらんな」

「え、先生。てことは、おちえの命は助かるんで」

「丸仙さん、早とちりも大概にしときなさい。おちえちゃんは、命に関わるような病じゃない。いや……違うか。これは命に関わることもあるな」

「ひえっ、せ、先生。いってえ、どちらなんです。おちえは、おちえは助かるんでしょうね」

仙助が宗徳の袖を摑んだ。お滝の頰からも血の気が引いていく。

「おちえちゃん、心にいろんなものを抱えていると苦しいぞ」

宗徳が告げてきた。

「おまえさんは気鬱にかかっている。そうひどくはないがな。あれこれ、思い悩むことがあって、それを一人で抱えきれず、さりとて外にも出せず弱り果ててしまったのだろう。身体ではなく心がな。身体と心は繫がっている。心が疲れ果てれば、身体も音を上げる。それが目眩だったり、痛みだったり、息苦しさとなるわけで。高じれば、心身共に動かなくなったりもする」

「まあ」

と、息を吞んだのはお滝だった。

「おちえ、あんた、そんなに……」

「うん？　おっかさんは思い当たる節があるようだが。おちえちゃん、わしに話をしてみるかね。しゃべれば、少しは気も晴れるかもしれん。おまえさんは、まだ若い。その若さがいつかは、鬱々とした気分を吹き飛ばしてはくれようがな」

おちえはかぶりを振った。

なぜか、居たたまれない気分になる。

「そうか。わしでは話し相手にならんか。なら、おちえちゃん、誰か胸の内を明かせるような相手がいるかね」

おちえより先にお滝が答えた。

「一さんなら、わかってくれるかもしれないね」

「おっかさん！」

叫んでいた。

「止めてよ、一さんは関わりないの」

「そうかい。一さんなら、おまえの胸の内をちゃんとわかってくれるんじゃないのかい。あたしはそう思うけどね。ね、先生、胸のもやもやは誰かにしゃべるのが一番、いいんですね」

「そうだな。他人にしゃべって耳を傾けてもらうのが、どんな薬より効くと思うがな。まあ、相手にもよるがな。聞き上手でなければならんし、すぐに説教を始めるような輩(やから)では役には立たん。で、その一さんとは？」

子ですがね。筋は大層よくて。ね、あんた」

「うちの新しい弟子なんですよ。去年入ったばかりでね。まあ、ちょっと訳ありの子ですがね。筋は大層よくて。ね、あんた」

「あ、うむ。悪かねえな。上達の度合いがちょいと並じゃねえ」

「ほお。『丸仙』の親方がそこまで褒めるのは珍しいな。しかも、去年入ったばかりの新弟子をねえ。どんな人物なのか、興が湧く」

「お茶を持ってこさせましょう。先生、会ってみてくださいな」

お滝は身軽に立ち上がると、部屋を出て行った。

おちえは頭から布団をかぶり、固くこぶしを握った。

「おちえちゃん、おっかさんもおとっつぁんも一生懸命なんだ。そんなに不貞腐れるもんじゃないぞ」

布団越しに宗徳が話しかける。

「不貞腐れてなんかいません」

「不貞腐れてる、不貞腐れてる。けど、その一さんとやらに打ち明けられる話なら、聞き役になってもらうがいいさ」

打ち明けられるわけがない。

あなたと勝負がしたいのです。それを望んでいるのです。なんて、無理だ……無理だろうか。

おちえは、こぶしで軽く胸を叩いた。

もしかしたら、一居は応じてくれるかもしれない。おちえの身を案じて、もう一度だけ、竹刀を握ってくれるかもしれない。

嫌だ、あたし、とっても卑しいことを考えている。

自分の体調を餌にして、一居を操ろうとしている。

卑しい。

おちえは、布団の上に上半身を起こした。

「先生、お薬ください。とびっきり苦くて、よく効くやつを」

「は、に、苦いやつか」

「そうです。舌がひん曲がるぐらい苦いのがいいわ」

「うーん、そこまで苦い薬か」

宗徳は首を傾げながらも、薬籠(やくろう)の中から小瓶を二本、取り出した。

「これは、苦みも強いが効果もかなりの薬だ。気持ちがすっきりして、吐き気や目眩(めまい)を抑える。おちえちゃんのために調合してやろう。ただし、途中で吐き出すなよ」

宗徳の動きが一瞬、止まった。

「そうだ、あれを試してみようか」

独り言に呟く。それから、おちえに向き直って問うてきた。

「おちえちゃん。あんた、好きな香りとかあるかね」

「香り……ですか」

「そう、花の香り、木々の香り、蜜柑の香り。どんなものが好きかね」

「それは、うーん……お煮染かなあ」

「煮染？」

「はい、おっかさんのお煮染の香り、大好きです。甘くてしゃきっとしていて、お揚げと大根なんて、ほんといい匂いがして……」

唾が湧いてきた。お腹も減ってきた。宗徳がからからと笑う。

「そうか、煮染か」

その笑声が止んだとき、忍びやかな足音が聞こえた。

宗徳が視線を上げる。

「親方、お茶をお持ちしました」

「おう、来たか。入ってきな。先生、これがうちの新入りで、一と申しやす。一、先生に挨拶するんだ」

「へえ。失礼いたします」

一居が盆を持って、その後からお滝が入ってきた。

とたん、宗徳の顔色が変わった。

指から小瓶が滑り落ちる。

宗徳は腰を浮かし、そのまま、後ろに下がった。くぐもった唸りに近い声が喉を震わせた。

え？

「先生、どうなすったんで」

仙助が瞬（まばた）きする。

おちえは宗徳と一居を交互に見やった。

なに、いったい、どうしたの？

小瓶から黒い油のようなものが零れ、異臭が鼻をつく。

宗徳がまた、唸り声を上げた。

二　雪竹模様

部屋の中が静まった。

通りを行く轍の響きがはっきりと聞き取れる。

「へっつぅーいなおし、へっつぅーいなおし。灰はたまってございませんか。灰屋でござい、灰屋でござい～」

灰買い屋の売り声も、子どもたちの足音も真っ直ぐに耳に届いてくる。

それほど静かだ。

仙助が空咳を一つ、する。その音がいつもよりやや大きい。

「こいつが、どうかしやしたか」

顎を一居に向けてしゃくる。

「……いや」

宗徳がゆっくりとかぶりを振った。

「これはまた……、とんだ醜態をさらしてしまいましたな。丸仙さん、勘弁してくださいよ。いや、まったく面目ない。恥ずかしい、恥ずかしい。ははは」

　ぴしゃぴしゃと二回、額を叩いて笑う。それから、懐から取り出した手拭いで零れた薬を拭き取った。

「あ、先生、よろしいんですよ。あたしがやります」

「いや、お内儀(かみ)さんの手を煩わせてしまって、申し訳ない。畳に染みこんでしまう前に、湯で拭き取ってもらいたい」

「わかりました。すぐに、お湯を持ってきます」

　お滝とのやりとりも、いつも通りの落ち着いた口調であり、仕草だった。お滝が足早に台所に向かう。

　仙助が短く息を吐き出した。

「面目ねえなんてこたぁありやせんがね。先生、一(いち)を見るなり、驚かれたみてえでしたけど……」

　一居の表情が僅かだが、強張(こわば)った。

　突然に町医者に驚かれる心当たりが、まったくないのだろう。

「いや、こちらの勘違いでした。そこの若い方が昔の知り合いに似ていたものだから、つい……」

「先生のお知り合いに？　さいですか」

「ええ。それが……その知り合いってのは、とっくに亡くなっておりましてな。ですからその……一瞬、その……」

「幽霊が出たかと」

「そうそう、その通り。いや、こうして改めて見ると、顔立ちや背格好がちょっとばかり似ているというだけで、まるで別人だ。いや、ほんとうに失礼しました。一さんとやら、気分を損ねたのならお詫びします。申し訳ない」

宗徳が一居に向けて、軽く会釈する。

「とんでもございません」

一居は畳に手を突き、頭を下げた。

宗徳の目がすっと細くなる。唇が動いた。

武士か。

声にならない声が漏れる。おちえは横手から宗徳の顔を見詰めていた。探るつもりはさらさらなかったが、その横顔から視線を外せなかったのだ。

宗徳は一居の挙措に武家の名残を見たのだ。

「実はその男というのが、ちょっとわけありの死に方をしたやつでしてね。薬で殺されたんですよ」

宗徳が声を潜める。ほおと、仙助が身を乗り出したとき、お滝が湯気の立つ桶を手に戻ってきた。

「お内儀さんも来たところで、その男のこと、ちょいとお話ししましょうかね。あまり、気持ちのいい話じゃないが」

お滝から手拭いを受け取り、一居が畳を拭き始める。黒っぽい染みがみるみる薄れ消えていった。

「もうかれこれ一年も前になるか……、どこの誰とは申し上げられない。いろいろ障りがあるんでね。一年前の夜遅く、ある商家の若旦那が倒れたと、わしのところに迎えがきました。前に二度か三度往診した覚えのある店でしたが、その若旦那、駆け付けたときにはもう、こと切れておりましてな。けれど、これがどうにも尋常な死に方とは思えない。なにしろ、血を吐いて、血の塊が喉を塞いで……と、そりゃあ惨い死に様だったのですからなあ。よほど苦しかったのか、若旦那は喉を掻きむしってそこも血に塗れてました」

「まあ……」

お滝は身を震わせたけれど、話すのを止めろとは言わなかった。

「あきらかに毒だとわかりました。まあ、細かいところは省きますが、この若旦那、所帯を持ったばかりだというのに外に女を囲っていましてねえ。その女と別れる別れないで、あれこれ揉めていたということです」

「じゃあ、その女が毒を？」

お滝が眉を吊り上げる。

「わかりませんな。結局、下手人はわからないままです。未だに、ね。その女かもしれないし、娶ったばかりの嫁かもしれない。あるいは、まったく別の者なのか……。ええ、今に至るもわからないんですよ。ただ、その若旦那の生前の姿を知っているだけに、亡くなったときの形相が惨いというか、恐ろしいというか……まだ、時折、夢に出てきたりする始末で、難儀してましてなあ」

「その若旦那と一が似てたんで？」

仙助に向かって、宗徳は軽く頷いてみせた。

「ええ、まあね。ちょっと見の背格好とかですが……。その若旦那もなかなかの男振りでして……はは、もしかしたら、見場の良い若い男はみんな若旦那と重なるのかもしれないな。これは気をつけないと、いちいち怯えていたら大変だ。身が持たないな。ま、この話はお終いにしましょう。聞いていても話していても、気持ちのいいもんじゃない。今日は、おちえちゃんの診察に来たんですからな。で、おちえちゃん」

「はい」

「さっきも言ったとおり、胸の内を誰かにさらせば楽になる。そういう病もあるからな。遠慮や我慢するばかりが女の徳じゃないぞ。ときには、誰かに胸の内をぶつけてみなさい」

お滝が真顔で首を横に振る。

「まっ、先生。駄目ですよ。おちえがこれ以上遠慮も我慢もしなくなったら、もう目も当てられなくなっちまう」

「ちょっと、おっかさん、いくらなんでもそれは言いすぎでしょ」

あはははと宗徳は大笑した。

「いやいや、まあ、これくらい元気なら心配はいらんだろう。しっかり食べて、ゆっくり休んで、たっぷりしゃべる。憂さを溜めない手立てはこの三つに限る。一さんとやら」

「はい」

「おちえちゃんの話し相手になってあげなさい。あんたは、じっくり他人の話を聞ける人柄みたいだし、年も近い。うってつけのようだ。じゃあ、後ほど、改めて薬を届けるから。とびっきり苦いやつを処方してやる。覚悟しときなさい」

おちえに笑いかけ、宗徳は腰を上げた。さきほどのお滝よりさらに足早に出て行く。お滝と仙助が見送りのために、後を追った。

おちえと一居だけが残される。

気まずくはない。一居と二人っきりの気まずさより、疑念というか首を傾げる想いの方が勝っている。

おちえは一居に視線を向け、呟いた。

「嘘、よね」

「ええ、作り話のようです」

一居はおちえの視線を受け止め、頷いた。

「話の辻褄(つじつま)が合っていませんから」

「そうよね。まるで合ってない。昔の知り合いに似ていると言いながら、一年前の事件の話になって……。あれ、たぶん、とっさに思いついたものでしょうね」

「おそらく。わたしを見たときの狼狽(ろうばい)を何とか取り繕おうとなさった。そう感じました」

「ええ、あたしも同じ」

毒殺、横死、痴情の縺れ。三拍子揃った、どぎつい話だった。お滝も仙助も引き込まれて、その前の宗徳の狼狽振りを忘れていたではないか。

狼狽？　宗徳の眼の中に走ったもの、あれは狼狽ではなく怯えではなかったか。

「一さん、あの……宗徳先生と前々から顔見知りなんてこと、ないよね」

「ありません。今日初めて、お目にかかりました」

「うちに来る前も……。あの、つまり吉澤家にいたときも心当たりはない？」

武士か。

宗徳の唇は確かにそう動いた。一居が武家の出であることを察したのだ。僅かな所作から見抜いたか。それとも、一居の武家姿を見知っていたか。

「まるで覚えがありません」

一居が静かに、しかし、きっぱりと言い切った。

「宗徳先生を吉澤の屋敷で見たことは、一度もないはずです」

当然だろう。宗徳は腕も人柄も上等だと評判ではあるが、一介の町医者に過ぎない。二千石の旗本の家に出入りしているとは、考え難い。

「それじゃ、道場とか道場に通う道すがらに関わり合ったとかは？　吉澤さまのお通いだった佐竹道場は、三島町にございましたよね。お屋敷からは半里ほどの道程になります。それなら、途中で」

「おじょうさん」

一居が軽く首を振った。

咎める響きはなかったが、口調が重くなる。おちえは、慌てて口をつぐんだ。宗徳ではないが、自分の粗忽な物言いに狼狽してしまう。いつもは気を付けているのだ。旗本の子弟吉澤一居ではなく「丸仙」の奉公人、一として接しようと心がけている。でも、ときおり、忘れてしまう。忘れて、出逢ったときと同じ武家と町娘の間柄に戻ってしまう。旗本の、というより、剣士としての一居があまりに鮮やか過ぎるのだ。どうしても、振り払えない。

「……ごめんなさい」

「詫びていただくようなことでは、ありませんよ」

「でも、あたし、うっかりで」

「それより、わたしは宗徳先生と道で行き合った覚えがまったくないのです。それに先生のあの様子では、どこかですれ違っただけの仲とは到底、思えませんが」

一居がさりげなく話題を戻してくれる。こういう細やかな心遣いが、おちえにはできない。

「ちっとは、一さんを見習いな。おまえは思ってることが、すぐに顔にも口にも出ちまうんだから。相手がどう感じてるかとか、どう思ってるかとか、心配りするのが大人ってもんさ」

この前も、お滝に説教された。説教されなくても、自分の至らなさは重々承知している。承知して改まったり、直ったりするものなら苦労はない。

おっかさんだって、あたしの気持ちにお構いなしにぽんぽん物言うじゃない。あたしだって、自分の欠け目ぐらいわかってます。だいたい、ほとんどがおっかさん譲りの気性なんだからね。

言い返したくもあったが、堪えた。十七にも八にもなって、己の悪目を母親のせいにしてしまうわけにもいかない。己の欠点も不運もしくじりも悲哀も無念も諦めも、全て己の背に負わねばならない。おちえはもう、そういう年になっていた。

「先生は、おそらくわたしを誰かと勘違いされたのでしょう」

「そうとしか考えられないわね。もちろん、殺された若旦那なんかじゃなく、ね」

「ええ。しかし、ここまでにしましょう」

「そうね。いらぬ詮索をしても、手柄にはならないもの。むしろ、宗徳先生に失礼なことになっちゃうかもしれないし」

おちえは両手で自分の頬を軽く叩いた。

「他人を詮索する暇があるなら、自分の性根をしっかりさせなくちゃね。よしっ、気合を入れてがんばろう」

「おじょうさん、寝ていなくては」

「起きます」

腰を浮かし、手櫛（てぐし）で髪を梳（す）く。まずは、この乱れた髪をきっちり結い上げなければと思う。

「しかし、今日一日ぐらいは静かにしておいた方がいいのではありませんか。おじょうさんは気を失うほど調子を崩しておられたのです。無理をすると後々よくないかもしれません」

「一さん」

「はい」

「あたしね、前々から言おうと思ってたんだけど」

挑むようなおちえの口調に、一居が顎を引いた。

「そのおじょうさんって呼び方、止めてちょうだい」

「え？」

「え？　じゃありません。一さんから、〝おじょうさん〟って呼ばれる度に背中がむずむずするの」

「しかし、親方からは、おじょうさんとお呼びするように言われておりますし」

一居の弟子入りを許した折に、仙助はおちえをおじょうさん、お滝をお内儀さんと呼べと命じたのだ。

「ああ、あんなの、言葉の綾です。はっきり『弟子に入りな』って言うのがこそばゆかったもんだから、ちょいと格好つけただけ。一さん、律儀すぎるのよ。今までは遠慮してたけど、もういいよね。きっぱり言います。おじょうさんは止めて」

「は……あ、では、どうお呼びすれば……」

「おちえさんで十分です。お弟子さんは、みんな、そう呼んでるでしょ。これからは名前を呼んでください」

「おちえさん、ですか」

「そんな恐る恐るじゃなくて、もっと気楽に」

おちえどのでも、おじょうさんでもない、「おちえさん」だ。その呼び方は、これから先のおちえと一居の新たな関わり方に繋がる。

おちえ、あんたもそろそろ目を覚まさなくちゃね。

自分に言い聞かす。

どんなに惜しんでも、懐かしがっても、嘆いても失ったものは戻りはしない。二度と戻ってこない。それならもう、追いかけるのは止めにしよう。追いかけても甲斐ないものを追いかけて身体の調子を崩し、周りに心配をかける。そんなみっともない真似は、これっきりにしよう。

しゃんとしなくちゃ。振り返るんじゃなくて、前を向かなくちゃ。

明日は見舞いに行こうと、おちえは決めた。

剣の師、榊一右衛門のところだ。あの事件の後に倒れたまま、まだ、床から離れられないでいる。顔を合わすのも話をするのもせつないようで、泣いてしまいそうで、このところ足が遠のいていた。そんな甘えも捨ててしまおう。

師に会い、師に告げる。

師範、ちえはこれから先……。

剣を捨てますとは口にできない。榊の身体を慮(おもんぱか)ってではない。おちえ自身がそこまで意を定めきれていないからだ。

捨てますとも、剣と共に生きていきたいとも言えないけれど、自分で自分の来し方を見詰めるつもりだとは告げられる。

師範、あたしは何とか自分の道を見据えて、生きて参ります、と。その道とやらがどんなものなのか。『丸仙』を継いでくれる誰かと所帯を持ち、子を生み、育て、静かに老いていくのか。まったく別の生き方を辿（たど）るのか摑めてはいないのだが。

「そうだったのですか」

一居がため息を吐いた。

「薄々とは感じていましたが、わたしに遠慮していたのですか」

「え？　あ、いいえ、そういうわけじゃ」

おちえは慌てて手を振った。

「ただ、その、ほら、一さんが大変なの、あたしだってわかってるし……。伊達（だて）に生まれたときから縫箔屋の娘をやってるわけじゃなくて、お弟子さんが一人前になるためにどのくらい苦労しているか、ずっと見てきたから、その、呼び方ぐらいで一さんを煩わしちゃいけないなって……えっと、ただそれだけのことで」

縫箔屋だけでなく、職人の修業は厳しい。経師屋（きょうじや）も蒔絵（まきえ）師も紺屋（こうや）も料理人も、一人前になるのは並大抵ではない。おちえは、他の職人はいざ知らず、縫箔屋の弟子の苦労だけはずっと見てきた。

「糸巻き三年、台張り三年」という言葉がある。

トンボという糸巻きの道具は、角の出た竹トンボに似た形をしている。角のところに竹管を差し、そこに糸掛けの絓糸を手で巻き取る。ふっと脇目をするだけで、束の間気が緩んだだけで、ほんの僅か油断しただけで、糸は管から外れてしまう。織物糸と違い、刺繍糸は柔らかい。はかなげでさえ、ある。きつく引っ張ると、容易く切れてしまうのだ。

糸を切ることなく巻けるようになるまで三年はかかる。そして、縫台にきちんと布が張れるようになるまでにも三年近い年月がいる。

やっと台張りができるようになって、兄弟子たちの下拵えの仕事をまかされる。懸命に張った生地を、「こりゃ、駄目だ」の一言でかがり糸をばっさりと切られ、

「悔しくて情けなくて、けど泣いちまうとよけいに情けなくなるみてえで、涙を零さねえようにするのが精一杯でやしたねえ」と語った職人がいた。古参の弟子の一人で、もう五年も前に独り立ちした男だった。今でも、季節ごとの挨拶に顔を出して、暫く話し込んでいく。

「けど、後で兄弟子の張り直した布に触ってみたら、やっぱり、張り具合が違って

てねえ。そこがまた、悔しくて……ははは、よく泣いたもんだ。今じゃ笑い話でやすがねえ」

一人前になったからこそ、昔の苦労も話の種にできる。笑ってお終いにもできる。けれど、その手前で挫けた男は語ることも笑うこともできない。『丸仙』を去ったまま、行方も知れない者もかなりいる。

〝一人前〟。そこに辿り着く道は細くて荒れていて、穴ぼこだらけで険しい。まして、一居はずい分と遠回りをしている。弟子入りの年をはるかに超しているのだ。

お滝は、一居を本物だと言い切った。本物の縫箔職人になれる。二十年以上を縫箔屋の女房として生きているお滝が言うのなら確かなのだろう。

一居には才がある。

剣の才と縫箔の才とどちらが上なのか、おちえには窺い知れない。正直に言えば、剣士として生きて欲しい思いはある。たんと、ある。が、一居は惜しげもなく剣を捨て、縫箔の道を選んだ。

だから、邪魔をしてはいけないと遠慮していた。些細なことで煩わすまいと、おちえなりに気は遣った……つもりだ。

「やはり、気を遣わせていたのですね」

「もう遣わない」

きっぱりと言い切る。

「今までは、ちっとは遣ったかもしれないけど……。でも、そういうの、とんだ的外れよね」

一居が返事をする前に続ける。

「わかってますとも。的外れも的外れ。明後日の方に矢は飛んでいっちゃってるんでしょ。あたしが、気を遣っても一さんはちっとも嬉しくない。むしろ、迷惑なんだよね」

「いや、迷惑だなどとそこまでは……」

「いいの。慰めてくれなくていいの。そうよ、もう余計な気なんか遣わない。一さんは一さんよ。うちで一番下っ端のお弟子。丁稚奉公の小僧さんと同じよね。そういう風に付き合います。ただし、『丸仙』はただの縫箔屋ですからね。そこの娘をおじょうさんなんて呼ばないで。わかった」

「承知いたしました、おちえさん……と、これでよろしいですね」

「はい、結構です。よくできました。一さん、その気になったらちゃんとできるじゃない。感心、感心」

鷹揚に首を縦に振る。
一居が噴き出した。
笑うと顔つきが少し幼くなる。一居のこんな顔を見るのは初めてだと思った。
子どものように屈託がない。
そうか、一さん、今幸せなのか。
心の隅でそっと呟く。
こんな風に笑える人が不幸せなわけがない。
「一、おい、一、いねえのか」
野太い声が一居を呼んでいる。兄弟子の誰かだろう。
おちえはもう一度、今度は素早く首を振った。
行って。
一居も無言で会釈を返してきた。それから素早く立ち上がり、仕事部屋へと急ぐ。
「はい、ただいま」
「何してんだ。針が届いてねえんだ。確かめろ」
あれは京助さんの声だ。今日は少し、苛ついてるみたい。
おちえは肩を竦めてみた。

一居は生きると決めた場所で、踏ん張っている。

あたしも。

手早く髪を纏めると、夜具を畳んだ。

台所に立とう。お滝と一緒に、職人たちのための賄い飯を作ろう。そして、明日は榊一右衛門を訪ねるのだ。

廊下に出て、思い切り深く息を吸う。

甘い花の香りが胸の奥まで染みてきた。


榊道場は八名川町の外れにある。

あったというべきだろうか。

かつては大きく開け放され、思いのまま出入りできた戸口は閉ざされたままだ。閉ざされた月日を語るように、立枯れた草木が目立つ。根元には既に春草が鮮やかな緑を誇るように、蔓延っていた。刈安色の花があちこちに咲いている。蟻の頭ほどの小ささだ。

その花を踏まないよう用心しながら、裏手に回る。道場と渡り廊下で繋がった一棟を、一右衛門は住居としていた。妻女の信江と下働きの老女の三人の暮らしだ。

「まあ、おちえさん」

おとないを告げたおちえを、信江は満面の笑みで迎えてくれた。御家人の五女に生まれ、貧窮のために他家に養子に出されたという信江は、辛酸を舐めた人の優しさとしたたかさを併せ持っていた。

子には恵まれなかったが、家の奥をきっちりとしきり、なにくれとなく門弟たちの世話をし、武芸一筋の一右衛門を支え続けた。だからこそ、事件の真相、道場の閉門は信江自身にも少なくない衝撃を与えたはずだ。方便の道を閉ざされては日々の暮らしも苦労が多いだろう。しかし、久しぶりの信江の笑顔は前とまったく変わっていなかった。

「奥さま。あたし……ご無沙汰してしまって……」

「まあまあ、よく来てくださいましたねえ」

頬の豊かな丸顔に笑みを浮かべ、信江はおちえの手を取った。

「ささ、榊に会ってやってくださいな。喜ぶと思いますよ」

「はい。あ、奥さま。これ、母から託って参りました」

「まあ、これはもしかして」

「はい。奥さまのお好きな桜餅です」

「まあまあ、嬉しいこと」

そこで信江は声を立てて笑った。

「みなさん、わたしが甘い物に目がないのをちゃんとご存じなのね。実は今しがた、大福をいただいたばかりなのよ」

「あ、ではお客さまがいらしているのでしょうか」

客がいるなら、また、出直してこよう。

おちえの心内を見透かしてか、信江は軽くかぶりを振った。

「いいのですよ。そのお客人、おちえさんの顔を見たら榊より喜ぶかも」

「え？」

「ふふ。ささっ、こちらへ。遠慮は無用ですからね」

笑顔のままの信江に促されて、奥に進む。

「まさに、それです。さすがですな、先生」

活きのいい、明朗な声が耳に届いた。

あ、この声は。

信江が振り向き、そうなのですと言うように首肯する。

「失礼いたします。旦那さま、新たなお客人が参られましたよ」

信江が障子を開けると、微かな薬の香りがした。宗徳から匂ったものと同じだ。

「おう、おちえではないか」

客の男が腰を浮かせた。

おちえは廊下にかしこまり、ゆっくりと頭を下げた。

「伊上さま、お久しゅうございます」

伊上源之亟が真顔で目を見開く。

「まったくだ。まさか、今日ここで逢えるとは思いもしなかったぞ」

伊上源之亟。かつて、榊道場の四天王の一人と称された剣士だ。

榊道場の気風は実に大らかで、身分や家柄による扱いの違いは、まったくなかった。剣の力量、さらには剣の道に向かい合う志こそを第一義としていたのだ。だから、おちえのような町人のしかも女の身であっても入門を許され、稽古を続けることができたのだ。それでも武士の子弟の中には、町方と同じ道場内での稽古を快く思わない者も、竹刀を決して合わそうとしない者もいた。おちえたちが近づくだけで、視線を逸らし背を向ける。あからさまにやれば師の教えに背くことになる。だから、師範や師範代の目に留まらないように場所を移るのだ。

落胆はしないけれど怒りは覚える。

武士が武士がと、己の身分に拘る者たちの何と卑小なことか。

こっちから願い下げだわ。誰が稽古相手になんか頼むものか。

胸の中で毒突くことが幾度もあった。

源之亟は卑小ではなかった。些か軽率で物事を深く考えない性質ではあるが、卑小でも卑怯でも姑息でもなかった。

おちえの剣の鋭さ、疾さを認め、真っ直ぐに称賛してくれる。別に称賛が欲しいわけではないが……いや、少しは欲しているかもしれないけれど、おちえが心地よく感じるのは、称賛の言葉そのものではなく、源之亟の真っ直ぐな心根だった。それは、五十石取り普請方という軽輩の身だからではなく、生来の気質として源之亟の内にある珠だと、おちえは見抜いていた。

竹の模様のようだ。

仙助が昔、おちえの帯に竹の縫い取りをしてくれたことがあった。どういう経緯だったのかとんと覚えていないが、古手屋の店先に吊ってあった昼夜帯を母がおちえのために購ってくれた。その黒地の端に、仙助が竹を数本刺したのだ。竹は風に揺れていた。葉の先にはうっすらと雪がかかっていた。

目に見える雪と竹と目にできない風。その三つが帯の中に納まっていた。

縫箔屋の娘だけれど、豪奢な縫箔の帯とも小袖とも縁がない。おちえたちにとっての衣は着飾る物ではなく、寒さを防ぎ、汗を吸い、動き易く、長持ちするものでなければならない。見場より使い勝手が一番なのだ。絢爛豪華な打掛と軽くてこざっぱりした綿の小袖のどちらか一つをやると言われたら、おちえは躊躇いなく小袖を選ぶ。町人だからではなく、どんなに綺麗であっても、見事であっても動きを抑える衣は性に合わない。好きになれないのだ。

それでも、父の刺してくれた雪竹模様は嬉しかった。

すっきりと美しい。

帯の黒地が竹の緑と葉先の白雪を引き立て、深みを与えている。何より凍てつく風の中、すっくりと立つ竹の姿を清々しいと思う。

源之亟はあの竹に似ている。

清々しく、真っ直ぐで、卑小ではない。そして、しなやかで強い。源之亟を見ていると、しなることはあっても折れはしないと信じられるのだ。

好漢という言葉がぴたりと決まる男だった。

好ましい。源之亟を女の眼で見ることはできない。そういう相手ではないけれど、同じ榊門下の弟子として、人として長い縁が結べたらとは望んでいた。

「何だ、暫く会わないうちに……」

源之亟が言葉を濁す。

「あら、老けたとでもおっしゃりたいのですか」

「いや、艶っぽくなったというか、女振りが上がったようだぞ」

源之亟の目が細くなる。頬が微かに赤らむ。細めた目をつと逸らして、源之亟は師、榊一右衛門に身体を向けた。

「そう思われませんか、先生」

「そうだな」

一右衛門がゆるりと笑った。

もともと小柄であった身体が、さらに細くなっている。髷は乱れなく結い上げてあるが、白髪が目立ち、どことなく頼りなげだ。何より、眼光が消えていた。一右衛門は決して気難しくはなかった。粗暴な振る舞いなどただの一度もしたことはなかっただろう。しかし、ひとたび、道場に立てば佇(たたず)まいは静かでも、眼光は鋭く、相手を萎縮させる力があった。

その眼の光が今はどこにもない。

ただ穏やかなだけの老人としか見えないのだ。

「確かに、美しくなったのう、おちえ」

そう笑う表情も物言いも好々爺そのものだ。

「先生……」

胸が詰まった。

もう少し早く、もっと足繁く見舞いに来るべきだった。迷いや悩みに振り回されて、師へ心を馳せることができなかった。

未熟だ。

己の至らなさに呻きたくなる。

「あまり美しくなると、伊上がのぼせ上がるのではないか」

「いや、先生。わたしの修業は並大抵のものではございません。おちえ如きに気を取られるわけがありません。それは先生が一番よく、ご存じのはず」

「そうか。伊上がおちえを嫁にしたくて言い寄っていると、聞いた覚えがあったのだが、あれは空言だったのか」

「は？　あ、いやまあ……確かに……いや、しかしまあ戯れで……」

「まあ。伊上さま、戯れにあたしに甘言を仰っていたのですね。ひどいわ。あんまりです」

「今のは言葉の綾だ。戯れであるはずがなかろう。そっちこそ、いとも容易く、おれを袖にしておいて、ひどいもあんまりだもあるまい。あ、おちえ、それなら」

「……何です」

「今からでも遅くない。おれの嫁になれ。先生に仲立ちをしていただいて、祝言の段取りをつけようじゃないか」

「お断りいたします」

源之亟が舌打ちする。

「ほらこれだ。にべもない。先生、お恥ずかしい話ではありますが、こうやって、わたしは何度もおちえに肘鉄砲を食らっておるのです。先生の耳に入った噂は、空言ではありません」

「なるほど。竹刀だけでなく肘鉄砲まで打ち込まれておったのか。それは堪えるな」

「先生、その一言、冗談にもなりませんぞ」

源之亟が渋面を作る。

おかしい。

おちえは袂を口元に当てて、笑い出してしまった。一右衛門も声を上げて笑う。

「まあまあ、賑やかなことですねえ」

信江が盆を掲げて、入ってきた。

「あ、申し訳ございません。はしたない真似をいたしました」

「いえいえ、とんでもない。笑ってくださいな、おちえさん。娘さんの笑い声ほど心弾むものはありませんもの。聞いていて、こちらまで楽しくなります。ねえ、あなた」

「うむ。確かにな」

「むさい男では駄目だというわけですな」

源之亟が渋面のまま腕組みをする。

「まあまあ、伊上さん、そのように僻むものではありませんよ」

優し気な声で、信江が諭した。

「むさいというのは、くたびれた年長者に使う言葉。伊上さんのような若い方には似つかわしくありませんよ、たぶん、ね」

「奥さま、わたしとしては、その、〝たぶん〟というところが些か気になりますが」

「あら、どうしましょ。口が滑ってしまって、困ったこと」

信江が手で口を覆う。

おちえはまた、堪えきれず笑ってしまった。

「ほんとに、久しぶりによく笑わせていただいたわ。やはり、門弟の方が来てくださるとよろしいわね、あなた」

「うむ……」

一右衛門が視線を庭へと向けた。

障子戸を開け放してあるので、庭がよく見える。こちらは、手入れが行き届いていた。蕾をつけた躑躅の茂みの上を白い蝶が舞っている。二匹、三匹、四匹……。穏やかな陽光に小さな白い翅がきらめいていた。

うららかな春爛漫の風景なのに、淋しい。淋しいと感じてしまう。一時の笑声では拭いきれない淋しさが、蝶の翅にも躑躅にも柔らかな光にも宿っているようだ。

「さっ、大福と桜餅、いただきましょう。ほら、どちらもおいしそうですよ」

信江の声さえも明るく澄んでいるのに、淋しい。

「先生」

不意に、源之亟が居住まいを正した。

「途中で切れてしまいましたが、先刻の話、お許し願えぬでしょうか」

両手をつき、低頭する。

「どうか、どうかご一考ください。このまま……このままでは、あまりに無念にございます」

おちえは腰を浮かし、源之亟と一右衛門を交互に見やった。

何のお話?

一右衛門が顎を上げる。天井を見上げ、息を吐く。しかし、言葉は出てこなかった。

「先生」

源之亟がにじり寄る。

「お願いいたします。ここでおちえに会ったのも、天の意思ではありませぬか。先生、是非に」

え? あたし? あたしに関わりがあること?

おちえは、我知らず息を呑み込んでいた。

「伊上さま……まさか、あの」

源之亟が身体を起こす。額に汗が浮いていた。

「そうだ。おれは、先生に道場の再開を願い出ている」

「まっ」

絶句してしまう。口を半ば開け、腰を浮かしたまま、源之亟を見詰めてしまう。

おちえ、とんだ間抜け面だよ。口を閉じな。

どこからか、お滝の叱咤が聞こえたが動けない。幻の音は幻に相応しく、束の間で消えた。かわりに、源之亟の現の声が耳に突き刺さってくる。

「ずっと、ずっと、あの事件が因で道場が閉門を余儀なくされてからずっと、考えてきた」

源之亟の言葉はおちえに向けられていた。一右衛門は目を閉じ、石像の如く動かなくなる。息さえしていないようだ。おちえの気息は荒く、乱れていく。心の臓が鼓動を刻む。いつもより、ずっと速く、強い。

どっ、どっ、どっ、どっ、どっ。

口を開けていないと、息が詰まる。胸が痛い。

どっ、どっ、どっ、どっ、どっ、どっ。

「このままでいいのか。このままお終いにしていいのか。考えて、問い続けて……答えは一つしか思い浮かばなかった。いいわけがない。このままでいいわけがない。榊道場がこのままなくなるなんて、そんな馬鹿な話があるもんか。おちえ、おまえはそうは思わなかったか」

おちえは腰を落とした。尻が直に畳についている。これも、お滝から「腰の抜けた婆(ばあ)さんじゃあるまいし、何てみっともない格好をおしだい」と怒鳴りつけられるだろう。わかっているけれど、どうでもいい。今、頭の中には源之亟の問いかけが鳴り響いている。

おちえ、おまえはそうは思わなかったか。

思った？　思わなかった？　どっちだろうか？　いや……思わなかった。そこまで考えが至らなかった。

辛かった。淋しかった。苦しかった。

大切なものを奪われた辛さと、大好きな場所が消えてしまった淋しさと、やり場のない苦しさ。そんなものと、ずっと戦ってきた。けれど、道場の再開まで考えはしなかった。

あの閉じられた門をもう一度、自分たちの手でこじ開ける？　諦めて新たな道を進むのではなく、途切れた道を作り直す？

考えてもいなかった。考えられなかった。

できるんだろうか、そんなことが？

「おれは、榊道場が好きだった」

絞り出すように源之亟が言う。

「十のときから通い、剣を握るということが、剣を抜くということが、どういうことか教えていただいた。おれは、闇雲に強くなりたいと望んだ時期があった。道場内で、いや、江戸で一番の遣い手になりたいと……。でも、すぐに悟った。この世には、おれより強いやつなんてごまんといる。おちえも、その一人だ」

「あたしは、そんなに強くありません」

「おれよりは強い」

「……まあ、それはそうかも……」

「おちえ、嘘でも否め。せめて、『互角でしょう』ぐらいの上手を言うのが礼儀ってもんだぞ」

「伊上さまは、あたしのお上手を聞きたかったのですか」

「う……。まったく、口が減らんというか、気が強いというか、頭と舌の回りが速いというか、おれの嫁にはぴったりなんだがな」

「何をわけのわからないことを仰ってるんです。お話をちゃんと続けてくださいな。あたしは本気で聞いているんですから、本気でしゃべってください」

力を込め、源之亟の腕を叩く。

「いてっ、相変わらず気が短いな。けど、本気でしゃべっているに決まっておるだろう。こんなこと、冗談で言えるものか。だからな、強いやつはごまんといる。どんなに努めても、励んでもとうてい敵わない、手の届かないやつだっている。吉澤のようにな」

「どうして、そこで吉澤さまが出てくるんです。伊上さまが敵わないお方は、他にもおられるでしょう」

「おちえ、言い方に棘があるぞ。何だ、狼狽えているわけか」

「まっ、そんな、あたしは……」

「隠すな、隠すな。おまえは昔から狼狽えると、妙につんけん物言いが尖ってくる癖がある」

「まっ」

膨れたふりをして、口をつぐむ。そこまで見透かされていたとは思いもしなかった。

確かに狼狽えている。

道場の再開。

その一言に、狼狽えないわけがない。そして、狼狽えの底には、甘美な疼きがあった。

もしかして、また、竹刀を握れるの？

「強いやつ、敵わないやつはいる。そう悟ったとき、打ちのめされた気がした。行き場がないような気にもなった。しかし、先生の許で稽古を続けているうちにどうでもよくなった。いや、どうでもよくはないが、誰より強くなることだけが剣の道ではないと思えるようになったのだ。人それぞれ、剣と進む道があるとな。そこまで思えるようになった。おれは……だから、榊道場が好きなのだ。武士も商人も百姓も、分け隔てなく稽古ができる、あの闊達な気風が好きでたまらないのだ。それに、おれはおそらく……人に物を教えることも好きだ」

「そして、お上手ですよね」

さりげなく、信江が口を挟む。

「いつも感じておりましたよ。伊上さんは人を、特に小さな人たちを教えるのがとてもお上手だなと」

ああと声を出しそうになった。

そうだ、源之亟は入門したばかりの若いというより幼い弟子たちの指南役を一手に引き受けていた。握り方から、素振りのやり方、足さばき、声の出し方。そんな根っこのさらに根っこのところを丁寧に根気よく伝えていたではないか。

おちえにはできなかった。子どもたちは好きだったけれど、上手に技や心構えを伝える才がなかったのだ。おちえにも、他の誰にもできなかったことを、源之亟はごく当たり前にこなしていた。

「いや上手というより、好きなのです。榊道場で育まれている技や志が伝わっていく。わたしが伝えている。そう考えれば、胸が高鳴りました。先生、わたしに道場主としての力量が具わっていないと、よく承知しております。そこは、おちえや他の仲間に補ってもらいながらやっていきます。きっと、やっていけるはずです」

「そ、そんな。伊上さま、あたしはまだ何ともお返事はしておりません。あんまり急なことですもの、ちょっと待ってくださいな」

「おちえ」

「はい」

「榊道場の門がもう一度、開くのだぞ。それを見たいとは思わないか。もう一度、道場で稽古したいと望まないのか」

ごくっ。

口中の唾を呑み込んでいた。

源之亟の眼を見詰める。

張り詰めた、強い眼だ。

思います。望んでいます。

声にしてそう答えたい。偽らざる心の声だ。

しかし、舌は動かなかった。下顎に貼り付いたままだ。

「おちえ、おれを助けてくれ。力を貸してくれ」

「伊上さま……」

おちえは横を向いた。源之亟と目を合わせることができない。

どうしたらいいのだろう。どうしたら。

目を閉じる。

瞼の裏に、一居が浮かんだ。

町人の姿だ。トンボを使い、糸を巻いている。真剣な眼差しをしていた。

一さん。

呼んでみる。呼びながら、膝の上でこぶしを握った。

三　花上乱舞黒蝶模様(かじょうらんぶこくちょうもよう)

ひゅっ。

風を切る音がした。

とっさに身をかわす。

竹の物差しが膝をかすめて、畳の縁(へり)を叩く。

「逃げるんじゃないよ」

お滝が睨(にら)み付けながら、もう一度、おちえの膝を叩いた。今度は手のひらだったので、さほど痛くない。物差しで叩かれると、うっすらとだが痕(あと)が残る。そして、いつまでもじくじくと疼いた。竹刀で打たれた痛みなら気にもならないのに、母の物差しは堪える。

「だって痛いもの」

おちえは唇を突き出して、文句を言った。

「おっかさんたら思いっきり叩くんだもの。痛いったらありゃしない。ちょっとは手加減して」

「ふざけるんじゃないよ。あたしだって、好きで物差しを振り回してるわけじゃないんだ。お針の稽古中に、おまえがぼけっとしてるからだろ。さっきから何度声をかけたと思ってんだ」

「え？　声なんかかけた？」

『おちえ』、『おちえ、ちょっと』、『おちえ、聞こえてんのかい』のつごう三度。なのに、おまえったら返事をするどころか、お針の手まで止めてぼけっとしてさ。ほんとにぼけだよ」

「ぼけ、ぼけ言わないでよ。ただちょっと考え事があって、ぼんやりしてただけ」

「お針の最中に、ぼんやりなんかするんじゃないよ。そんなだから、こういうことになるんだ」

お滝はおちえの手から端切れを取り上げた。

もとは誰かの小袖だったと思(おぼ)しき、紅(あか)い小花模様と媚茶(こびちゃ)色の格子縞(こうしじま)だ。

お滝は数日前、かなりの端切れを買い求めてきた。棒手振の端切れ売りが荷が軽くなったと喜ぶほどの量だ。

「おっかさん、こんなに買い込んでどうするのよ」

と、尋ねたおちえを見上げ、お滝はにやりと笑い、

「おまえのお針の稽古用さ」

と事も無げに言った。

「えっ！」

「えっ！　じゃないよ。この端切れを縫い合わせて一枚の大きな布を作るんだよ」

「作ってどうするの」

「どうにでも使えるよ。おまえが使えるようにきちんと縫い合わせられたらね」

「ええっ、そんなの大仕事じゃない。やだよ、おっかさん。あたしだって忙しいんだし、そんなことやってる暇ないよ」

「竹刀を振る暇を回しな。日がな一日やってろなんて言わないよ。朝間と台所仕事が一段落したときに稽古すれば十分さ。おまえもちっとは針の腕があがらないとね。このままじゃ、赤ん坊の襁褓一枚縫えない母親になっちまう」

　母と娘の間でそういうやりとりがあって間もなく、おちえは台所続きの小間で、山と積まれた端切れの前に座らされたのだ。

「あたしはね、布の端を繋げろとは言ったけど、縫い合わせろなんて一言も言って

ないよ」

「あ……」

小花模様と格子縞。二つの小さな布はぐしぐしとおおまかに縫い付けられていた。ぴったり合わさっているならまだしも妙にずれているものだから、不格好としか言いようのない代物になっている。

「やだ、何、これ」

笑ってしまう。

びしゃっ。

物差しがまた畳を打った。

「逃げるなと言っただろう。一人前に避けたりするんじゃないよ」

「だって……」

「だっても明後日(あさって)もあるもんかい。あたしは、おまえのお針のお師匠さんだよ。お師匠さんが弟子に腹を立ててるんだ。謹んでお叱りを受けな」

「おっかさん、どうしたのよ」

「何がさ」

「急に厳しくなっちゃって。ちょっと怖いぐらいだよ」

「そりゃあ、こっちが尋ねたいね。おまえ、今日、榊先生のところで何があったんだい。お見舞から帰ったと思ったら、使い物にならないぐらいぼんやりしちまってさ」

「え？　な、何って別に、先生のお見舞いに伺っただけよ。それは、おっかさんも承知だったじゃない。くれぐれもよろしく伝えておくれなんて言って……、ほら、お見舞いの品まで持たせてくれたでしょ。あ、あの大福、奥さまがすごく喜んでくださったの。さすがに、おっかさんの見立てだよね」

「大福？　あたしが持たせたのは桜餅だよ。信江さまの好物だろ」

「は？　あ……、ああそうそう、桜餅。大福は伊上さまの手土産(てみやげ)だった。あはは、あたしったらとんだ勘違いだわ、ははは」

お滝の眉間に深い皺が寄る。眼つきがさらに鋭くなった。

「伊上さまって、道場で一緒だった伊上源之亟さまかい。伊上さまもお見舞いに来られてたんだね」

「あ、うん。そうだけど……。あ、別に示し合わせてとかじゃないよ。ほんとにたまたまだったんだから、たまたま」

「たまたまねえ」

お滝が鋏でおちえの縫い取った糸を切っていく。元の二枚の端切れに戻し、それをおちえの膝に置いた。

「さ、始めからやり直しだよ、縁と縁をきっちり重ねて繋げていくんだ。糸目が乱れないように、真っ直ぐに。おまえの縫い方を見てると、気分が悪くなるよ。まるで、酔っぱらいの千鳥足だ」

「おっかさん、口が悪すぎるって」

「言われたくなけりゃ、手早くきれいに縫ってみな。ほんとうなら、小袖の一つも縫えるぐらいになって欲しいけど、そこまで高望みはしないからさ」

「もう、ほんと失礼しちゃうわ」

ぶつぶつ言いながら、おちえは針を持った。端切れを合わせて小町針を打ち、縫っていく。

難しい。

針は竹刀のように滑らかに動いてくれない。指先だけを動かせばいいと思うのに、どうしてだか肩や肘ががちがちに強張ってしまう。

根っから向いてないんだ。

と、つくづく思う。多分、おちえと針の相性は、とんでもなく悪いのだ。

一さんは、どうして縫箔に惹かれたんだろうか。

ふっと一居に心が流れる。

武士の身分を捨ててまで縫箔職人の道を選んだ。そのわけを一居は訥々と語ってくれはした。それを解せないわけではないけれど、おちえにはやはり、わからないところが多々あるのだ。

縫箔は端切れを縫い合わせるより、ずっとずっとずっと難しい。当たり前だけれど、難しい。針も糸も多種多様で、縫い取りのやり方も信じられないぐらいたくさんある。

すこぶる面倒くさい。

縫い針一本思うように扱えないおちえからすると、道具を使い分けて細かな模様を縫い付けていくなんて厄介の極みでしかない。

なのに、一居は針を持てるそのときを夢見て、必死なのだ。

うーん、わかんないなあ。

針を突き刺しながら、胸の内で独り言つ。

「それで、伊上さまと何の話をしたんだい」

お滝が問うてきた。布からすっと針を抜く。

「きゃっ、痛い」

「何だよ」

「指を刺しちゃった」

「おまえのお針には下手なだけじゃなくて、粗忽まで混じってるのかい。まったく、やってられないね」

お滝がため息を吐いた。

「おっかさんが急に話しかけるから、手元が狂っちゃったの。あー、痛い。ほら、血まで出てきちゃった」

おちえの白い指に血が僅かに盛り上がる。鮮やかな紅珊瑚の珠のようだった。小さな小さな珠は流れもせず、指先で輝いている。

「ぼけっとしてるって文句言うから、一心にお針を使ってたのに、横合いから話しかけてこないでよ」

「おやま、えらい言われようだね。そこまで悪し様に言われるとはねえ。ふーん、そうかい、やっぱりそういうことなんだね」

お滝はすうっと目を狭めた。唇の端がほんのちょっぴり、吊り上がる。薄く笑ったのだ。

「何が怖いって、おまえのおっかさんの薄笑いほど怖えもんはねえぜ。丑三つ時の神社で幽霊に出遭うより怖えな。見るたびに腰が抜けそうになっちまう」

　仙助がおちえの耳元で囁いたことがあった。冗談めかしていたけれど、案外、本音だったのかもしれない。

　亭主を震え上がらせる笑みを浮かべ、お滝は一人、頷いている。怖いというより不気味だ。

「な、何よ。おっかさん、そういう笑い方しないで。背中がぞくぞくしちゃう」

「ふん、どういう笑い方しようとこっちの勝手だろ。おまえこそ、どうなんだい。何を隠してんだよ」

「隠す？　あたしが？　何のこと？」

「惚けるんじゃないよ。あたしはおまえの母親だよ」

「知ってるわよ。おっかさんより他の人をおっかさんだって思ったことないもの、あら、それとも、あたしはどこぞ他所からもらわれてきたか、軒先に捨てられたかしてた子なの。おっかさんともおとっつぁんとも血の繋がりがなくて……なぁんてね。あぁ、それとも、おとっつぁんの隠し子だったのを引き取って育てたとか。あはは、これはないよね。おとっつぁんがおっかさんの目を盗んで誰かと懇ろになるなんて考えられなくて」

おちえは口をつぐんだ。鼻先に鋏を突き付けられたからだ。

「ほら、それだ」

お滝の目がまた細くなる。

「おまえは子どもの時分から、隠し事があるとおしゃべりになるんだよ。やたら、べらべらしゃべってごまかそうとする。それか、不機嫌な振りをして、やっぱりごまかそうとするんだよねえ。はは、そんなのお見通しさ」

お滝は鋏を動かし、かちゃかちゃと音を立てた。白刃の音みたいだ。

「お生憎さまだけどね、おまえはあたしが腹を痛めて産んだ娘だ。生まれたときからの付き合いなんだよ。だから、おまえのことはよぉくわかってんのさ、おちえさん」

おちえは頰を膨らませて、横を向く。せめてもの抗いだった。

母親というものは、お針よりずっと厄介だ。

「さ、白状おし。榊先生のところで何があったんだい」

「おっかさん、あたしは咎人じゃないんだから。白状することなんてありません」

「だって、伊上さまもお出でだったんだろう。大福持って、見舞いに来られてたんだよね」

「……そうだけど。でも、そんなの当たり前でしょ。伊上さまは榊道場の高弟だったわけだし、お見舞いに来たっていいじゃない」

「いいともさ。むしろ、見上げた心意気じゃないか」

　そこでお滝は口調をやや湿らせた。

「榊先生のこと、あたしもお気の毒に思ってるよ。門弟の一人があんな事件を引き起こしちまって、先生としちゃあ気力も萎えるよねえ。それなのに門弟の方々は、道場に近寄りもしないいんだろう。いくら門を閉めたからといって、かつての師が臥せっているってのに知らんぷりとは、まったく、どういう了見なんだろうね。人の道に悖るって思わないのかねえ」

　おまえは隠し事があるとやたらしゃべる。と、お滝はおちえに告げたけれど、お滝の舌は憤りに煽られて回りが速くなる。

「そこんとこからすれば、おまえや伊上さまは立派さね。ちゃんと恩を忘れないで、顔を覗けるんだからね。先生も信江さまも、お喜びになっただろう」

「うん。すごく、喜んでくださった。奥さまがね、帰り際にあたしの手をとってお礼を言ってくださったの」

「伊上さん、おちえさん、ほんとにありがとう」

信江はおちえの手を取り、頭を下げた。

「あなたたちのおかげで、久しぶりに榊の笑顔が見られました」

信江が微笑む。

「奥さま」

温かな手が離れた。信江は目を伏せ、思案するように両の手を胸の上に重ねる。

「こんなこと口にすべきではないかもしれないけれど……」

顔を上げた信江の唇が微かに震えた。

「実は……道場を閉めた後、榊は……自刃しようとしたのです」

驚きのあまり声が出ない。

おちえは息をつめたまま、隣に立つ源之亟と目を見合わせた。源之亟も強張った顔つきをしている。その口から、妙に低い掠れた声が漏れた。

「それでは……、先生はお腹を召そうとされたのですか」

震える唇を嚙みしめて、信江が首肯する。おちえと源之亟はもう一度、視線を絡ませた。

源之亟はどこか虚ろな眼差しになっている。

「……本当の下手人が捕まった二日後だったか、三日後だったか……榊の姿が見えなくなったことがありました。わたしは胸騒ぎがして、家中を探したのです。そうしたら仏間に座っていて……手には刀が……」

信江が両手で顔を覆った。

「わたしは……わたしは夢中で榊に縋りつきました。榊は、此度の事件の責めを負わねばならないと申すのです。そうしなければ殺された娘たちにも、自ら果てた沢原さんにも申し訳が立たないと……」

「そんな、先生に何の責めがありますか。そんなの……そんなふうに考えるのおかしいです」

「先生は武士だからな。武士として、けじめをつけねばならんとお考えになったのだ」

源之亟が太い息を吐き出した。

このあたりが、おちえには解せないのだ。

武士のけじめとは、責めの負い方とは、切腹より他にはないのか。

楽ではないかと、おちえは思う。

死んでしまえば楽ではないか。

現(うつつ)の揉め事からも、苦労からも、悩みからも、責めからも、枷(かせ)からも解き放たれる。けれど、それで何が変わる？　本当に責を負おうとすれば、生きねばならない。揉め事や苦労の横溢(おういつ)する現を生き抜いて生き通して、償いの道をさぐる。それが人の本道だと思う。

潔く散っても何も残らない。

武士とは徒花(あだばな)のような生を生きる者なのか。

そんな風に考えるのは、町方の娘だからなのか。

一さんなら……どうだろう。

武士から町人への垣根を越えた男なら、どう語るだろうか。

「わたしは……お腹を召されるのなら、わたしも一緒に連れて行ってくれと榊に訴えました。残されるなど……、一人残されるなど耐えられなかったのです。一人生き残るより共に死にたいと……。榊はわたしを不憫(ふびん)だと言いました。おまえを道連れにするのは、あまりに不憫だと。それで……思い止(とど)まってくれたのです」

手を顔から外し、信江は微かに笑んだ。淋し気な笑みだった。

「弱いでしょう。夫が武士の道を遂げるのを妨げるほど……わたしは弱いのです」

「違います」

おちえはこぶしを握った。

「弱いのは奥さまじゃなくて、先生の方です」

信江が大きく目を見張った。目尻に溜まった涙が一筋、流れる。

「死んでお終いにするなんて、そんなのおかしいです。苦しくても生きるのが、本当に強い者なんじゃないですか」

「おい、おちえ」

源之亟が袖を引っ張ってきた。

「あっ」

いけない。また、やっちゃった。

「す、すみません。あたし、とんでもないこと言っちゃった。ご無礼をお許しください」

慌てる。

思ったことを軽々しく口にしてしまった。

頬が火照る。

「まあ、そんな馬鹿を信江さまに申し上げたのかい」

お滝が首を左右に振った。

「いつも言ってるだろ。何か言う前にお頭でいったん、考えろって。けどまあ、わからないじゃないね。おっかさんも同じこと、思うよ」

お滝は視線を、障子戸の向こう、中庭に向けた。庭と呼ぶのも憚られるほどの狭さだが、片隅に植えた芍薬が蕾をつけている。まだ固くはあるが、花が開けば色香に誘われてか漆黒の翅を持つ蝶が二匹も三匹も飛び交うようになる。

薄桃色の芍薬と戯れる黒蝶を、仙助が食い入るように見つめていた。その姿を思い出す。確か三年前の春の末のころだった。

花上乱舞黒蝶とでも名付ける模様が、仙助の頭の中には広がっていたのだろうか。

「おまえの言う通りさ。〝死んで花実が咲くものか〟ってね。まっ、死なないと花実が咲かないのがお武家さまなんだろうね」

お滝が眼差しを室内に戻す。瞬きしたのは、明るさに慣れた目では、座敷内が薄闇にしか映らなかったからだろう。

「それで、謝って、信江さまは許してくださったかい」

　先を促すように、お滝が顎をしゃくった。

「おちえさん、詫びたりしないでちょうだい。むしろ、お礼を言いたいぐらいなのです」

　信江はそこですっと背筋を伸ばした。

「おちえさんに一喝されて、気持ちがしゃんとしました。実は、ずっと、榊を止めるのではなく、わたしも自害して共に果てるのが武士の妻ではなかったかと考えていたのです。でも、そうですよね。それは違いますよね」

「奥さま。そんな、あたし一喝なんてしていません。一度もしていませんから」

「いや、今のは見事な一喝だったな」

　源之亟が大様に頷く。

「正直、傍にいて、おれも怖気づいて逃げ出したくなった」

「まっ、伊上さままで」

　おちえは源之亟の脇を肘で突いた。軽くであったのに、源之亟は顔を歪め、

「うおっ、痛い。おちえ、おまえは声が大きいだけでなく力も人並み以上に強いん

だからな。手加減しろ、手加減。ううっ、今の一撃で骨に罅が入ったかもしれん」

「もう、伊上さま、ふざけるのも大概にしてください。怒りますよ」

「ひえっ、怖い」

源之亟が一歩、さがる。

信江が噴き出した。

「あなたたちって、ほんとおかしいわねえ。ちっとも変わらなくて。とてもお似合いですよ」

「おお、やはりそう思われますか」

「ええ、こんなに息が合うなんて、よほど相性がいいのでしょうね。お二人なら、一生、笑って過ごせるんじゃなくて」

「まさにまさに。我らが夫婦になれば、天下無双。この世に怖いものなど何一つないはず。どうだ、おちえ、おれとのことをもう一度、考え直してみる気はないか」

「ありません」

「断るのが早すぎる。少しは悩め」

「悩んでも同じです」

「しかし、夫婦となれば、榊道場の立て直しにも自ずと力が入るというものだぞ」

「……道場の立て直し」

　信江がほっと息を継いだ。

「そうなったら、どれほど榊の励みになるか……、道場を閉めてから、あの通り」

　信江が振り返る。廊下の端には一右衛門の臥している座敷がある。

「まるで抜け殻のようになってしまって。榊にとって道場が、道場で門弟の方々と過ごした日々が、全てだったのですね。おちえさん、伊上さん、これも泣き言になりますが、榊のあんな姿を見ているのがときに堪らなく辛くなるのですよ」

　信江は軽く息を呑み込み、口元を押さえた。

「ごめんなさいね。つい……、お二人に甘えてしまって愚痴やら泣き言やらを吐き出してしまいました。あの、でもね」

　信江の目が真っ直ぐにおちえに向けられた。

「伊上さんには伊上さんの、おちえさんにはおちえさんの生き方があります。道場のことで、その生き方を曲げてはなりませんよ。無理に曲げたものはいつか折れます。だから、くれぐれも無理をしないでくださいな」

「無理なんかしていません」

　おちえは信江の目を見返した。

「あたしだって、望んでいます。もう一度、榊道場が門を開き、そこで稽古ができたら、どれだけ幸せかって、考えます。いいえ、あたしや伊上さまだけじゃない。もう一度、道場に帰りたい、榊先生の許で稽古したいと望んでいる者は大勢、いるはずです。ただ、ただ……」

おちえは口の中の唾を呑み込んだ。

「みんな、一歩が踏み出せないだけなんです」

高弟が、おぞましい事件に関わり合った。巻き込まれた師範代は切腹して果てた。事件の後、榊道場には怨霊がとり憑いていただの、昔、一右衛門が斬り捨てた剣士たちの呪いがふりかかっただのと、根も葉もない噂がまことしやかに人々の口にのぼっていた。もっとも、何かしら人目を引く事件が起これば、それが凄惨であればあるほど、人々は尾鰭背鰭をくっつけて語りたがるものだ。

噂はいつの間にかおさまって、八名川町の小さな道場のことなど、今はもう誰も話の種にはしない。それでも、榊道場を改めて開くとなると、血の臭いに満ちた出来事を蒸し返してくる者もいるだろう。そんな所に稽古に出向く者はどれほどの数になるだろう。門弟が集まらなければ、道場は成り立たない。

榊道場にもう一度、命を吹き込む。

それは、霧のなか、先の見えない道に踏み出すようなものだ。

それでも……。

「奥さま、あたしはやってみたいです」

誰のためでもない。あたしのために、やりたい。もう一度だけ、もう一度だけでいい、竹刀を握り、汗にまみれてみたい。竹刀を打ち合う音、掛け声、気合、そんな雑多な音の中に身を置いて息をしてみたい。

「おちえさん」

「待っててください。きっと、榊道場を立て直してみせます」

「おちえ」

がっしりと手を握られる。

「よく言ってくれた。これで百人力だ。共にがんばろう。そして、いつか夫婦になろうな」

「夫婦には一生、なりません」

「だから、即答するなと言ってるだろう」

信江が袂で口元を押さえた。泣き笑いの表情が、とても美しく見えた。

「ちょっと、お待ち」

お滝が腰を浮かせる。

「おまえ、今、何て言った？　道場をどうするだって？」

「立て直しをするの。閉じてしまった門を開いて、また、みんなで稽古ができるようにしたいと思ってる」

「冗談は針の腕だけにおし」

お滝の眦（まなじり）が吊り上がった。

「そんなことに関わってどうすんだよ。犬の小屋を作るのとはわけが違うんだよ。門を開けて、掃除して、あちこち修繕して、出来上がりってわけにはいかないんだからね。いや、修繕だって大層な金が要るんだ。それにね、お弟子さんたちはどうするつもりさ。一度、けちがついた道場に、また戻ってくる当てはあるのかい」

「耳元でがんがん、怒鳴らないで。あたしの地声が大きいのは、おっかさん譲りなんだから。耳の中にわんわん響いて、頭が痛くなっちゃう」

「頭が痛いのは、こっちだよ。まったく、そういう経緯（いきさつ）があって、ぼけっとしてたんだね」

「うん、お金の工面とかこれからの段取りとか、あれこれ考えていたの。あはっ、おっかさんたら、ほんと聞き出すのが上手ね。いつの間にか洗いざらいしゃべってた」

「おまえって娘は、ほんとに……」

お滝はぺたりと尻を落とした。

「どうして、他所(よそ)の娘さんみたいにまともになってくれないのかねえ。情けなくて、情けなくて……泣きたくなるよ」

「おっかさん、涙なんか出てないじゃない。それに、あたしがまともでないみたいな言い方しないで」

「まともじゃないよ。まともな娘なんてのはやっとうの道場を立て直すなんてこと、考えたりしないんだよ。この、馬鹿娘」

尻を落としたまま、お滝はおちえを睨みつけた。睨みつけてはいるけれど、どこか悲し気な眼差しだった。

「馬鹿の常で、いったんこうと決めたら意地でもやりとげようとするんだよね。親が怒鳴っても泣きついても、止めやしない」

「おっかさん、泣きつくつもりなの」

「誰が、そんなことするもんか。無駄だって百も承知しているよ」

長い長いため息がお滝の口から零れ続ける。

「あぁ、どこでどう間違って、こんな娘になっちまったのかねえ。あたしの育て方がどこかで間違ってたんだね、きっと。ああ、情けない。ああ、悲しい」

お滝の言い分を聞いていると、自分がとんでもない親不孝者に思えてくる。

心外だ。針はともかく、台所仕事だって掃除だって洗い物だって、ちゃんとやっている。職人たちの賄いも作るし、包丁を研ぐこともできる。一人前の働きをしているつもりだ。

おちえが言い返そうとしたとき、障子戸の陰から一居が覗いた。

「お内儀さん、おちえさん。よろしいでしょうか」

「何だい、一さん。ああ……わかってるよ。声が大きい。母娘の諍いが外まで筒抜けだって、うちのがやきもきしてんだろう。ちょっと窘めてこいって言い付かったんだね」

「いえ、そうじゃありません」

一居の口調が硬く締まっている。

お滝の眉間に皺が寄った。

「どうしたんだい。何かあったのかい」

「お内儀さん、ついさっき、仙五朗親分がお見えになりました」

「親分が？」

〝剃刀の仙〟の異名を持つ腕利きの岡っ引だ。その男が、なぜ丸仙にやってきた？

「詳しくはわかりませんが、宗徳先生が亡くなられたようです」

「ええっ」

母と娘の叫びは、ぴたりと重なった。

「一さん」

おちえは前のめりになる。なりすぎて、端切れの山に手をついてしまった。

「宗徳先生が亡くなったって、親分さんが知らせにきたの？」

「そのようです」

「じゃあ、あの、先生は尋常な死に方じゃなかったってこと？」

病死なら、名うての岡っ引が関わってくるはずがない。

「……殺されたの？」

不意に日が陰った。

ただ、それだけなのに、おちえは一瞬、周りが闇に閉ざされたように感じられた。

気が付けば、指の先が細かく震えていた。

四　菊花風乱模様

仙五朗は相生町の髪結い床、『ゆな床』の主だ。

もっとも、家業の方は女房に任せっきりで、自分は岡っ引として日がな一日、江戸市中を走り回っている。

とは、仙五朗の口から直に聞いた。だから、女房にだけは、どうにも頭が上がらなくて、家では小さくなっているとも。

仙五朗に会えば、その柔らかな物腰や穏やかな口振りにまずは、ほっと心が緩む。しかし、多少なりとも気の回る者、あるいは人生を知っている者なら、一見好々爺風であるこの男が底に潜ませた、ただならぬ気配に気づくはずだ。

何気ない眼差しや物言いの中に、時折、相手を刺し貫くような鋭さが覗く。うっかりしていると、その鋭い刃先で、己の隠し通したい本性や本音を暴かれてしまう。

仙五朗が〝剃刀の仙〟の異名を持ち、一癖も二癖もある江戸の悪道者に恐れられているのも、女房に頭が上がらないのも事実だろう。どこかとぼけた味わいがありながら、ひどく冷酷にも感じられる。そんな男だった。

おちえは、仙五朗が嫌いではない。いや、むしろ、好ましい。それは、人の犯す罪に対する怒りと罪を犯した者への憐憫を兼ね備えているからだ。だから、信じられる。頼りにもできる。ただ、仙五朗はいつも、どこか不穏な気配を纏っていた。仙五朗がすっと現れただけで、場が僅かに冷え、強張る気がするのだ。人ならぬ何かを感じて、一瞬だが、人である者は口をつぐむ。その冷たさ、暗さ、重さは、岡っ引として、江戸の巷で起こる諸々の悪行に関わりあっていく、そういう生き方を選んだ者の、宿命なのかもしれない。

「お取込み中、お邪魔しやして申し訳ありやせん」

仙五朗が頭を下げる。

「あら、とんでもありませんよ」

お滝は愛想笑いを浮かべ、手を横に振った。

「いえね、うちの出来損ないの娘にお針を教えていただけなんです。もう、これがほんとに泣きたくなるぐらい下手でねえ。母親としては情けないやら、うんざりやらで、ほんとに泣いてたんですよ」

「おっかさん」

おちえは、後ろから母の袖を引っ張った。

「余計なこと言わないの。親分さんは、おしゃべりに来られたわけじゃないんだよ」

仙五朗は台所の上がり框に腰を下ろしている。せめて、板場にとお滝が促したが、「あっしなんかには、上がり框で十分なんでやすよ、お内儀さん」とあっさりと断られた。

それならせめてと、おちえは茶を淹れ、仙五朗の前に置いたところだった。自慢ではないが、茶の淹れ方にはちょっと自信がある。さほど上等ではない茶葉でも、美味しく淹れるこつがあるのだ。

「いや、お内儀さんやおちえさんと、しゃべくるのは楽しゅうござんすよ。できれば、ゆっくり楽しみてえとこでやすが、どうもねえ江戸ってとこは騒がしくて、忙しくて、どたばた走り回って一日が終っちまうんでさあ。あ、じゃあ、遠慮なくいただきやすよ」

湯呑を手にして、仙五朗が息を吐いた。

「大変ですねえ。けど、親分」

お滝が屈みこみ、声を潜める。

「宗徳先生が亡くなられたってのは、本当なんですか」

「へえ、真（まこと）でやすよ」

お滝は息を呑み、ちらりとおちえを見やった。戸惑いが眼つきにも、息を呑む仕草にも滲んでいる。

「……急な病か何かで……」

「病じゃありやせん」

茶を飲み干し、仙五朗は「ああ、美味（うめ）ぇや」と呟いた。

「おちえさんの淹れてくれた茶は、ほんと美味ぇや。けど、ちょいと験（げん）の悪い話になりやすが、宗徳先生、茶の中に混ざった毒を飲んで、亡くなられたんでやす」

「まあ」

お滝が顎を引く。おちえも、急須にかけていた手を思わず引っ込めていた。引っ込めた手の指を握り込み、仙五朗に尋ねる。

「親分さん。それでは……先生は毒を盛って殺されたんですか」

「おちえ」

お滝が顔を浮かした。頬から血の気が引いている。

「そんな物騒なことをお言いでないよ」

「今更、物騒も剣呑もないでしょ。親分さんは、宗徳先生の死に方に納得していない。だから、うちまでお調べに来た。そうですよね」

「いや、おちえさん、それは、あからさま過ぎまさあ」

仙五朗が苦笑する。

「あっしは、『丸仙』のお内儀さんやおじょうさんを調べ上げようなんて、不埒なこと、考えちゃいやせんよ。ただ、おちえさんの言う通り、今回の一件、どうにも頷けねえところがありやしてね。宗徳先生が自死されたのか殺されたのか。どっちとも決められねぇ。とすれば性分として、というか、浅ましい岡っ引根性というか、とことん調べてみなくちゃどうにも気持ちの据わりどころが悪いんでやす。宗徳先生が、最後に診療したのが、『丸仙』のおじょうさんだと聞きやして、どうしてもお話を伺いたくてねえ」

そこで、仙五朗は手の中の湯呑を回した。

「そういやあ、おちえさん、お医者を呼ぶほどに加減が悪かったんで？　今は、お元気そうに見えやすが」

「え？　ああ、あたしですか。あたしは大丈夫です。でも、まああたしなりに思うところも、悩むところもあって……。ほんと、おっかさんみたいに、割り切って楽に生きられるといいんですけどね」

「おちえ、あたしのどこが楽なんだよ。おまえに、さんざん苦労させられてんのにさ。親の心子知らずってのは、おまえのことだよ」

「まあまあ、親子は苦労の掛け合いってことで収めてくだせえ。ようがす。物には順ってものがありやすからね。あっしの方から、話をさせていただきやすよ」

ことり。

仙五朗が湯呑を置いた。新しく、茶を淹れ直そうとしたおちえを身振りで止め、話し始める。

「宗徳先生が亡くなっているのが見つかったのは昨日のこと。遺体を一番に見つけたのは、お秋（あき）って通いの女中です。近くの甚平長屋に住む後家さんで、かれこれ六年近く働いていたそうでやす。もう、五十に手が届こうかって婆（ばあ）さんでやすが、なかなかのしっかり者で、掃除から洗濯、台所仕事まで、連れ合いのいない先生の身の回りの世話を引き受けていたんでやす」

仙五朗の語りは相変わらず巧みで、聞いているだけで、相当な年ながら元気にきびきびと立ち働く女の姿が浮かんでくる。

「お秋はいつもどおり、朝、五つから五つ半（午前八時～八時半）ぐれえの間に、宗徳先生の屋敷に出掛けやした。宗徳先生は朝が遅いので、四つ半（午前十時半）ぐれえに、朝と昼の飯を一緒にとるのが常だったようで。で、裏木戸から入って、竈に火をつけ湯を沸かすところから仕事が始まるってこってした」

「裏木戸はいつも、開いているんですか。ちょっと不用心じゃありません？」

「朝、お秋が来るまでに宗徳先生が開けておくことになっていたそうです。戸締りは通いの助手がやっていたとか。ですから、裏木戸が開くのは当たり前と、お秋は気にもしなかったんでやすよ。気になったのは、竈に火がついて、湯が沸きあがったころでやす。いつもなら、台所に顔を出す宗徳先生がその日に限って姿を見せない。何となく胸騒ぎがして……と、お秋は言ってますが、これは後付けかもしれやせん。胸騒ぎがしなくても、いつもと違えば、人ってのは落ち着かない気分になるもんでやすからね。ともかく、お秋は寝所に様子を見に行きやした。そしたら」

「そこで、先生が」

お滝が口元を押さえる。

「いや、何もなかったんで。寝所はお秋が前日、掃除したまんまだったそうで」

「それじゃ、先生がお休みになった様子もなかったと？」

おちえは僅かに、仙五朗ににじり寄った。

「へえ、その通りでやす。夜具は部屋の隅に畳まれたままで、前の晩、使われた跡はなかったとお秋は言ってやしたね。ちなみに、宗徳先生は自分で夜具は敷くが、畳んだりはしなかったそうです。畳むのも、日に干すのも、お秋の仕事でやした」

「つまり、前の夜、先生は眠らなかった……、いえ、夜具で眠ることができなかったんですね」

「へい。あっしも、おちえさんと同じ考えでやすよ。死んじまっていたら夜具で眠るも何もあったもんじゃねえ」

「ですよね。死人に夜具はいらないもの」

おちえは頷いてみせた。とたん、お滝の眉間に皺が寄る。

おまえって娘は、何て不心得なこと口にしてるんだよ。仏さまの罰が当たってもしらないからね。

と、一喝されるかもと思ったが、お滝は何も言わなかった。口元をへの字に歪め、黙り込む。

「それで、先生はどこにいらしたんです」

おちえは尋ねた。ちょっと急いた口調になった。

「寝所の続きの座敷でやす。そこに倒れてたそうで。報せを受けて、あっしが駆け付けたときには、もう身体が強張ってやした」

「毒を飲んだというのは確かなんですか」

「間違いありやせん。結構な量の血を吐いて、苦しさのあまり喉を掻きむしった痕もついていやした。別の医者に見てもらったところ、喉を血の塊が塞いでいたとのことでやす。相当、苦しんだのか、床や壁を引っ掻いた痕が残ってやした」

「まあ、何て恐ろしい」

お滝が身体を震わせる。

確かに恐ろしい。そして無残だ。でも、それよりも……。

おちえは頭の芯が微かに熱を持つような気がした。

毒、大量の血、苦し紛れに掻きむしった痕、喉に詰まった血の塊。同じような言葉をどこかで聞いた覚えがある。

毒、血、傷痕、血の塊。

あっと声を上げそうになった。

どこぞの若旦那だ。女に怨(うら)まれて毒殺された若旦那の死に様だ。宗徳の語ったものが、宗徳自身の最期に重なる。そっくりではないか。

たまたま？　たまたまとしか考えられない。でも、ほんとうに、たまたまなのだろうか？　たまたまでなかったら、どう説明できる？　自分が口にした、そのままの死に方をするなんて。

「あの、親分さん。遺書とかは？」

「ありやせん」

「そうですよね、あれば自死ということになるし……。遺書がなければ何者かに殺されたとも考えられる……」

「毒を飲んだのではなく、飲まされたってわけでやすね」

「ええ」

「おちえさんは、宗徳先生は殺されたとお考えなんで」

一瞬、仙五朗の眼が光る。研ぎ澄まされた刃の煌きだった。

「いえ、とんでもない」

おちえはかぶりを振った。

「宗徳先生が殺されるどんなわけも、あたしには思い浮かびません。でも、ご自害されるわけも、また、心当たりが一つも出てこないのです。ね、おっかさんもそうでしょう」

「そうだね」

お滝は返事の後にため息を吐き出した。

「何一つ、思いつかないよ。先生が殺されるわけも、自害するわけも。正直、親分さんからの話でなけりゃ、とうてい信じられなかっただろうさ」

「宗徳先生は亡くなりやした。病気や怪我でじゃなく、毒を飲んででやす。それは動かしようのない事実でござんすよ、お内儀さん」

「ええ……でも、どうにも納得できなくて……。だって、うちに往診に来てくださったときは、とてもお元気で……いつもの先生だったんですよ。ええ、ええ、どこといって変わったところなんて、ありませんでした」

「本当ですかい」

仙五朗がすっと目を細めた。

「あっしがこちらにお邪魔したのも、そのあたりのことを聞きたかったからなんで。宗徳先生が最後に往診したのが、ここ、『丸仙』だったもんでね」

「最後のねえ……、何ともいえない心持ちがしますよ」

お滝は胸に手を当て、睫毛(まつげ)を伏せた。それが〝剃刀の仙〟の視線に怯えてのことか、医師の最期に心を馳せたからなのか、窺い知れない。おちえも胸に手を置いた。手のひらに鼓動が伝わってくる。いつもより、速いみたいだ。

お秋という女中ではないが、胸の底がざわめく。

宗徳は死んだ。

自ら命を絶ったのか、誰かに殺（あや）められたのか。どちらにしても不慮の死だ。あまりにも思いがけない出来事ではないか。

巻き込まれる気がする。

引きずられる気がする。

妙に胸が騒ぎ、落ち着かない。

「それにね、これもお秋の言なんでやすが」

仙五朗がおちえとお滝を、素早く、交互に見た。尖っても、熱くもない視線なのに、お滝が微かに身じろぎをした。

「『丸仙』から帰ってから、宗徳先生の様子がおかしかったそうなんで。いつもと違っていたらしいんでやすよ」

「様子がおかしかった？　え、どういうことです」

「何でも、ひどく沈んでいて、顔色も血の気がないというか、蒼白（あおじろ）く見えたとお秋は言ってやした。夕飯もほとんど箸をつけず、お秋にもいつもよりずっと早く帰るように命じたんで。お秋だけじゃねえ、助手を務めている若え（わけ）お医者、堂島左内（どうじまさない）ってお方なんでやすが、その堂島さんもほとんど追い出されるみてえに帰っていったそうです。これは、堂島さんに直に確かめやした。その通りだったようで、いつもなら、翌日の診療のための用意、何でも、薬の調合をしたり、患者録とかを確かめたりと、結構たいせつな仕事がまだ残っていたにもかかわらず、早く帰れと怒鳴られたとか。ちなみに宗徳先生は物静かで、穏やかな人柄であったから、不意に怒鳴られて驚いたそうでやす」

「それは、宗徳先生が早く一人になりたかったってことでしょうか」

死ぬためにとは、続けられなかった。

死ぬためではなく、誰かを呼ぶためかもしれない。女中にも助手にも知られてはいけない誰かを。あるいは、一人でやらねばならないことができた。他人を遠ざけ自分一人で為せねばならないことが……。それが何なのかまるで見当がつかないけれど、ともかく一人でなければならなかったのだ。

仙五朗の口の端がひくりと動いた。

おちえさんの考えていること、わかりやすぜ。

そう伝えている口元だ。

思わず首肯していた。

「どうでやすかね」

仙五朗が腕組みをする。

「宗徳先生がお秋や堂島さんを帰して一人になりたかったのは確かでやしょう。堂島さん、『先生の許で働き始めて三年近くになりますが、わけもわからず叱られたのは初めてです。まるで鬼のような形相で怒鳴られて、仰天しました』と言ってやした。それほど切羽詰まっていたんでしょうかねえ。そのあたりが、どうにもわからねえ」

「宗徳先生が鬼の形相に？　とても信じられません」

「まったくで。あっしも、ときたま顔を合わせることがありやしたが、温厚なお人柄でやしたよねえ。腕も確かだし、貧しい長屋住まいの者は薬礼を長いこと待ってくれたりもして、けっこう慕われていたお医者でやした。こう言っちゃあなんですが……、おちえさん、お内儀さん、気を悪くしないでくだせえよ」

仙五朗はおどけた仕草で、ひょいと首を縮めた。

「うちへの往診を境に、先生の様子ががらりと変わった。そうおっしゃりたいんでしょう」

おちえの言葉に、仙五朗はさらに首を縮めた。

「その通りで。様子というか人品まできれいに変わっちまったみてえじゃねえですか。しかも、当の先生は死んじまったわけだし。何とも珍妙な事件でやしょ」

「親分さん」

「へい」

「この一件、親分さんは殺しとみているわけですね」

仙五朗が瞬きする。

「おちえさん、それはさっき、あっしがした問いかけじゃねえですか。今度はこっちに返す気ですかい」

「そうです。殺し、なんですね、親分さん」

「あっしはそんなこと一言も口にしてやせんよ。殺しだとも自死だとも決められねえと申し上げたはずですぜ」

「でも、殺しだとの疑いは持ってらっしゃいます。それも、かなり強く。それはなぜですか？　遺書がないから、だけじゃないでしょう。違いますよね」

「おちえ」

今度は、お滝がおちえの袖を引っ張った。かなりの力だった。

「きゃっ、おっかさん、危ないじゃない。後ろから引っ張らないでよ。ひっくり返ったらどうするの」

「ひっくり返って、痛い目に遭いな。そうすりゃ、ちっとは物の言い方を覚えられるお頭（つむ）になるってもんだ」

「何、ぷりぷり怒ってんの。今、親分さんと大事な話をしてるんだから、邪魔しないで」

「へん。大事な話だって、ちゃんちゃらおかしいね。小娘の分際で、偉そうな口をきくんじゃないよ。親分さんが呆れてるじゃないか。ほんとに、どこまでじゃじゃ馬なんだよ。おまえはもういいから、引っ込んでな。まったく、殺し、殺しって、平気な顔してよくも言えること。聞いてて寒気がしたじゃないか」

「いやいや、お内儀さん、ちょっと待ってくだせえ」

仙五朗が手を横に振る。

「あっしは呆れてなんかいやせんよ。むしろ、感心してんだ。おちえさん、なかなかに鋭（するで）えや。的の真ん中をびしっと狙ってきやす。てえしたもんだ。あっしの手下に爪の垢（あか）を煎じて飲ませてやりてえ」

「親分さん、止めてくださいよ。それでなくても調子に乗りやすい娘（こ）なんだから」

お滝が思いっきり顔を顰（しか）める。

「いや、お内儀さんには悪いけど、おちえさんの言う通りなんで。ええ、おちえさん、お見通しでやした。確かにあっしはこの件、殺しだと疑っちゃあおりやす。そのわけは二つ。まずは、宗徳先生の着ていた物がちょいと、気にかかってね」

そこで一息吐き、仙五朗は続けた。

「あっしが駆け付けたとき、宗徳先生は作務衣を着てやしたよ。前が血で汚れてやしたから、毒を飲んだときその格好だったんですよ。お秋に確かめたら、家中で寛ぐときはいつも作務衣を着ていたとか。つまり、普段着なわけでやすね」

「はい。あたし一度だけお見かけしたことがあります。去年の冬、おっかさんがお腹を下したことがあって、お薬をもらいに先生のお家に行ったんです」

「ちょっと、おちえ。あれは目眩だよ、目眩の薬。あたしは、腹下しなんかしてないからね」

口をはさんできたお滝を一瞥もせず、おちえは続けた。

「そのとき、先生、作務衣を着ていました。鶯色の、かなり古い物みたいでした」

「ああ、それでやすよ。古い、かなりくたびれた作務衣でやす。けど、そんな格好で人は死にますかね。自分で死のうと決めたのなら死に装束とまではいかなくても、こざっぱりとした身形をするもんじゃゃねえですかい」

そういうものだろうか。正直、おちえにはよくわからなかった。ただ、自分なら
と考える。

　もし、あたしが自害しなきゃならないとしたら、どうだろう。

　着る物に拘るだろうか。

「それにね、宗徳先生は医者じゃねえですか。なのに、何であんなに苦しい死に方
を選んだのか。そこも納得できなくてねえ」

「先生、そんなに苦しんだ風だったのですか」

　仙五朗はすぐには答えてくれなかった。

　竈の炭がはぜる音が聞こえる。それほど静かだ。

「爪がね、剝がれてやした」

「え？」

「よほど苦しかったんでやしょう。剝がれるほど強く、あちこちに爪をたててたん
でやす。部屋中を転げ回ったみてえですよ」

「まあ」

　おちえは指を握り込んだ。爪が手のひらにくいこむ。背筋が震えた。

「どんな毒を飲んだのか、まだ、詳しくはわかっていやせん。けどね、医者なら人

の死に方にも薬にも通じているじゃねえですか。もっと楽な死に方を選べたはずでやす。あれなら、首を吊るか喉を掻き切るかした方が、よほど楽に逝けたと思いやすよ。ころりと死ねる毒薬だって手に入れようと思えば手に入ったでしょうに」

「先生は、ご存じなかったのかも」

「毒の苦しさをでやすか？　医者でやすよ。しかも、自分で選んで口に入れたとすると……知らなかったとは考えられやせんね」

考えられない。

おちえはそっと指を広げた。うっすらと汗をかいていた。

「でやすから、あっしは宗徳先生は誰かに殺されたのではと、疑っておりやす。けれど、先生を殺さなきゃならねえやつが江戸にいるのかと……こっちも、かなりの難問でね。あっしとしちゃあ、ともかく手がかりを見つけたいんでやすよ。おちえさん、お内儀さん、教えてくだせえ。この『丸仙』で、何かあったんじゃねえですか。宗徳先生に何かが」

仙五朗がくっと身体を前に出す。

おちえと視線が絡む。いや、仙五朗が絡ませてきたのだ。

「はい」

おちえは頷き、絡む視線を真っ直ぐに見返した。

「ありました、親分さん」

お滝が、小さなくぐもった呻き声を漏らした。

仙五朗が身を乗り出す。

「ありやしたか」

口吻は静かで、昂った様子は微塵もない。ただ、眼つきは鋭さを増した。おちえを見詰め、軽く息を吐く。

「聞かしていただきやしょう。あの日、何があったんで」

「はい」

おちえも僅かに吐息する。それから、語り始めた。とは言え、語ることはそう多くない。

往診に来た宗徳が一居を見るなり顔色を変え、慌てふためいた。それは束の間のことだったが、宗徳の驚愕、狼狽、混乱は本物だった。芝居でも紛い物でもない。

「一さんねえ……。あのお弟子でやすか」

仙五朗が腕組みをする。

「どうも、いろんなところに引っ掛かってくる御仁だ」

「一さんは、何の関わりもありませんよ」

おちえより先にお滝が言った。

「あたしもすぐ傍にいましたけど、あれは……何てんだろうね……宗徳先生が一人勝手に驚いて、慌ててって、そんな感じでしたよ。あたしたちもびっくりしたけど、当の一さんもぽかんとしてました。だよね、おちえ」

「うん。どこぞの若旦那と一さんを見間違えたとかで……」

「ほお、若旦那ねぇ」

仙五朗は腕を解き、指先で顎を掻いた。

「どこの若旦那なんでやしょうね」

「わかりません。その若旦那、毒を盛られて亡くなったそうです」

仙五朗の指が止まる。

「毒で殺された？」

「はい。何でも痴話絡みの殺しで、えっと……ある若旦那が情婦に一服盛られたとか何とか」

「おや、そうだったかね。悋気（りんき）した女房に毒で殺されたんじゃなかったっけ」

「違うわよ、おっかさん。あれ？　でも……結局、下手人はわからずじまいだったかな？」

　宗徳の話はおどろおどろしかったわりに、記憶に残っていない。一居と顔を合わせた刹那の驚愕の表情は眼裏に焼き付いているというのに。

「すみません。はっきりしなくて」

　おちえが謝ると、仙五朗は忙しく手を横に振った。

「いやいや、覚えてなくて当たり前でやすよ。宗徳先生が亡くなるなんて、しかも尋常じゃねえ死に方をするなんて、そのときは誰も思いもしなかったはずでやす。それにおちえさん、先生の話をあまり信じちゃいなかった。つまり嘘か作り話と考えていなすった。でやしょう？」

「あ、わかりますか？」

「わかりやす。物言いの端々に滲んでやしたよ」

　おちえは顎を引いた。

　これだから、油断できないのだ。

　老練な岡っ引からすれば、おちえなど世間知らずの小娘に過ぎない。裏も表も容易く見抜かれてしまう。ただ、見抜かれても嫌な気にはならなかった。仙五朗の眼差しは鋭いけれど、闇雲に他人を傷つけるものではないとわかっているからだろうか。鋭さの底には、人の命を軽んじる者への怒りがある。それは、夏の水面のように、よく研ぎ澄まされた針のように、光を弾き、人を射るのだ。

「そうなんです。こう言っちゃあなんですけど、いかにもとってつけたようでした。一さんとも、少し変だねって話をしたんです」

「自分の取り乱し様をごまかすために、とっさに話を作ったと、おちえさんは感じたわけだ」

「はい」

「けど、その作り話、宗徳先生が作り話をしたかどうかはまだ決められやせんが、少なくともおちえさんと一さんは、妙に感じたわけだ。で、かりに作り話としても、その中に毒殺された若旦那ってのが出てくるところが気になりやすね。宗徳先生が毒で死んだとあっちゃあ、なおさらだ」

「ええ、実は親分さんから、先生の最期のご様子を聞いたとき、似てるって思ったんです。すごく、似てるって」

「話に出て来た若旦那の死に様と、でやすね」

頷く。お滝が「まあ」と小さく叫んだ。

「そう言やあそうだね。血を吐いただの、血の塊が喉に閊えただの、喉を掻きむしっていただの、そっくりだねえ」

「おっかさん、よく覚えてるじゃない」

「そこんとこだけはね。ええ、親分さん、あたしも妙には思ったんです。宗徳先生のこと。話の中身がどうのというより口振りがねえ」

「口振りがおかしかったんでやすか」

「おかしいってとこまでじゃないんですけど、何となくせかせかしてました。たまにですけど、職人たちがね、そんな口振りになることあるんですよ。大抵、後ろめたいときですかね」

「ほう、例えば」

「例えば……、そうですね、昔、三吉(さんきち)って職人がいたんですけど、ちょっと半端な男でねえ、なかなか独り立ちするとこまでいかなかったんですよ、真面目にこつこつやっちゃあいたんですが、縫箔屋なんて商売は真面目でこつこつやらなきゃならないけど、それだけでも駄目なんですよ」

「つまり、才が要るってこってすね」

「ええ。どんな職人だってそれなりに才は要りようなんでしょうが、縫箔屋は相性、糸や針との相性てのが殊の外、大切なんですよ。そこのところは男と女と同じでね」

「縫箔職人と針や糸は男と女の仲に通じるか。さすが『丸仙』のお内儀さんだ。上手えこと言いやすね。で、その三吉って職人は、糸や針とうまく添い遂げられなかったんでやすか」

「ええ。添い遂げるどころか売ったんですよ」

「売った？」

「ええ、糸をね。うちから持ち出して横流ししてたんです。うちでは当たり前ですけど、糸染めも職人たちでやります。けど、生糸は仕入れなきゃなりません。糸の仕入れ、仕切りはあたしの仕事です。それで、前々から減り具合が気になってて……。帳面につけていた量と違ってるんですよ。これはもしやと思いました。それとなく納戸を見張ってたんですよ。そしたら、三吉がごそごそやり始めて。声をかけたら、手に幾つも糸の束を握ってました。で、ここからが本題なんですが」

お滝が口の中の唾を呑み込む。

「えっ、ここまでってみんな前振りなの。それにしちゃあ、だらだら長くなかった？　もっとかいつまんで、要領よく話してよ」

「お黙り。ものには段取りってもんがあるんだよ。糸や針をちゃんと慈しんで、糸や針からも好かれないと縫箔屋は務まらない。三吉は慈しむどころか盗んで売り飛ばそうとした。それだけでも、職人としちゃあ終わってるよね。しかも、言い逃れをしようとしたんだ。下手な言い逃れさ。鼠が出て糸を齧るみたいで、それが気になってしかたなかったんだとよ。どこそこの縫箔屋の糸箱の中では、糸に絡まって鼠が死んでただの、三毛猫は鼠をよく獲るだの、まあ、べらべらしゃべったね。何とかごまかそうと必死だったんだね。まあ、ごまかしようがないからさ。その日の内に、出ていっちまったよ。盗人としてお縄にされるのだけは勘弁してやるから出ていけって、おとっつぁんが言い渡したんだよ」

「それの、どこが本題なわけ」

「え？　あ、ああ……つまりさ、三吉と宗徳先生の物言いが似てたんだよ。後ろめたいことを何とかごまかそうとすると、人はみんな同じような口振りになるってことさ」

「おっかさん、ほんと前振りがくどすぎるよ」

咎めはしたものの、お滝の言葉の一端が胸に刺さった。

糸や針を慈しみ、糸や針から好かれる。

一さんはどうだろうか。

針や糸を縫箔の仕事を誰より慈しんでいる。それは、確かだ。でなければ、武士を捨てて職人になるなどという、ある意味突拍子もない道を選んだりはしない。

初めて出逢った日、食い入るように小袖に見入っていた横顔を思い出す。

小袖は二代目仙助、おちえの祖父の作品だった。

流水草花模様。

桜、牡丹、紅葉、雪割草。水の流れの畔に、四季折々の草花が刺されている。艶やかな上にも艶やかな一枚だった。

一居は瞬きもせず、見詰めていた。

行灯の明かりに照らされた横顔は息を呑むほど美しかった。

一居は縫箔を心から愛しんでいる。そして、おそらく愛しまれている。いつか、二代目仙助も三代目も越えてしまうのではないか。

「わかりやした。お内儀さんも、おちえさんも宗徳先生の話を胡散臭く感じてたんでやすね」

「胡散臭いとまでは言いませんよ。ちょっと変だなぐらいですかね」

お滝がやんわりと言い返した。口元に愛想笑いを浮かべている。

「けど、どうして毒殺なんでやしょうね」

仙五朗の眼はお滝ではなくおちえに向けられていた。

「とっさの作り話なら匕首で刺し殺されたでも、大川に突き落とされたでもいいわけでやしょう」

「それは……やっぱり毒が似合うからじゃないですかねえ」

すかさず、お滝が口を挟む。

「悋気から男を殺す女。とくれば、やはり毒が一番ぴたっときますもの。芝居だったら、間違いなく毒を使うよ」

「おっかさん、芝居の話なんて誰もしてないでしょ」

「けど、芝居みたいだったじゃないか。筋はよく覚えてないけどさ、若旦那の死に様はえらく真に迫っててさ。聞いててぞわぞわしちまったよ」

その〝ぞわぞわ〟を思い出したのか、お滝の頰が微かに赤らむ。

仙五朗が唸った。

「その若旦那と同じ死に方を宗徳先生もした。書き置きもなく、普段着姿で毒を飲んで。しかも血反吐を吐くような毒を、だ」

おちえとお滝は顔を見合わせる。

宗徳は自死したのか、誰かに殺されたのか。

自死したのなら何故に？　殺されたのなら誰に？

疑念は膨らむけれど、膨らむだけで出口は見えない。まるで見当がつかない。

「お内儀さん、もし、できるなら一さんにも話を聞かせてもらえねえでしょうか」

仙五朗が拝むように片手を立てる。

「ええ、それは構いませんが、一さんだってあたしたちと同じ、何も知らないと思いますよ」

「へえ、わかってやす。けど、宗徳先生の件とちっとでも繋がるなら、その糸を手繰り寄せなきゃならねえ。糸の先に何もついてねえのは覚悟のうえでやす。それでも、千に一つ、万に一つ手掛かりがくっついてることもあるんでね。それに……」

束の間口を閉じ、仙五朗は鬢のあたりを指で掻いた。

「あの若いのは、頭がきれやす。こっちが怖くなるほどで」

「一さんならあたしたちが気が付かなかった何かを感じ取っているかもしれないって、親分さんはお考えなんですね」

おちえの一言に、仙五朗が苦笑する。

「有体(ありてい)に言っちまえばそうなりやすかね。気を悪くしねえでくだせえよ、おちえさん、お内儀さん。あっしは別に、お二人がぼんやりだなんて言ってやしませんぜ。お二人とも頭の回りは並じゃありやせんからね」

「お上手はいいですよ。一さんは確かに呑み込みの早い、頭のいい子です。けど、親分さん、後生ですからあの子を手下に使おうなんて考えないでください。これからの職人なんですから」

半分は冗談だろう。けれど、残り半分は本気でお滝は釘を刺している。そんな口調だった。

「いや、畏れ入った。お内儀さんには、何もかも見透かされてるわけですかね。まあ、正直、あの若えのみたいな手下が一人いたら、どれだけ楽かって考えまさあ。けど、『丸仙』のお内儀さんにずばり言われちゃあ手出しのしようがねえや。わかりやした。ちょいと話を聞くだけで我慢しやすよ」

「そうしてくださいな。でも、失礼なこと言っちまった。勘弁ですよ、親分さん」

お滝はにんまりと笑うと、おちえに向かって顎をしゃくった。

「おちえ」

「はい」

おちえは素早く立ち上がり、仙助たちの仕事場に足を向けた。

胸の中がざわめいている。

季節外れの木枯らしがおちえの内を吹き通り、心を凍えさせる。

先生、亡くなられたんだ。

宗徳はもういない。その思いが胸に迫ってきた。唐突な知らせに、死に様の異様さに、纏わりつく謎につい頭も心も奪われていたが、宗徳はもうこの世の人ではないのだ。それほど深い付き合いがあったわけではない。医者と患者として関わって来ただけだ。だから、宗徳と顔を合わせるときはおちえ自身か家族か職人の誰かが病に臥せったり、怪我をしたときだけだった。

薬の匂い、血の臭い、ときに呻き声や泣き声。そんなものが、宗徳と容易く結び付く。決して明るくも楽しくもない。それでも、おちえは宗徳が好きだった。

熱にうなされていても、傷の痛みに歯を食いしばっていても、宗徳の足音や声を聞いただけで安堵できた。

先生が来てくれた。もう、大丈夫だ。

心底から頼り、安心できた。

その医師は現から消えてしまった。

彼岸に渡ってしまった。

人はこんな風に、唐突にいなくなる。

榊道場の師範代、沢原荘吾もそうだった。ある日、突然に自害して果てたのだ。

その死の裏側には奸計(かんけい)が潜み、欲望があり、狂気がうずくまっていた。沢原の死に心を馳せる度に、おちえの背筋は冷えていく。人の残忍さに、哀れさに、脆(もろ)さに泣きたくもなる。

宗徳先生はどうなんだろうか。

〝剃刀の仙〟が動いている。その死が尋常の埒内(らちない)に納まっていない証(あかし)だろうか。だとしたら、裏側にうずくまっているのは何だろうか。

足が止まった。

「こんな布に針が刺せるかよ」

怒声が聞こえたのだ。野太くて少し掠れた声は、熊治(くまじ)という職人のものだ。『丸仙』に奉公に来てから、かれこれ二十年になる。年が明ければ独り立ちすると、仙助から聞いていた。名は体を表すと言うが、まさに熊を思わせる大男だった。ただし、性根は優しく、穏やかで、気弱な面さえあった。

「ありゃあ、見た目は熊でも中身は兎(うさぎ)だな。まあ、縫箔の仕事に熊の気性はいらねえけどな」

「兎の気性の方が向いてるってかい」

「いやあ、どうだかな」

「あんたの気性はどうなのさ。熊かい？　兎かい？　それとも、鼬か獺か、どっちかかねえ」

「亭主を譬えるのに、もうちっとマシなやつらを選べねえのか」

仙助とお滝が、夕餉の席でやりとりをしていた。母のすました顔がおかしくて、笑いが込み上げてきたのを覚えている。

兎の気性の熊治が、怒鳴っている。

珍しい。しかも、怒鳴られているのは……。

「申し訳ありません。すぐに張り替えます」

一居が詫びていた。

一さん。

おちえは我知らず胸を押さえていた。自分が叱りつけられているみたいだ。心の臓が早鐘を打つ。

一居は糸巻きを半年足らずでものにし、今は台張りの修業中だ。生地を台に張る。職人たちの仕事の下拵えだ。きつくても緩くても、針は刺せない。張り具合をぴたりと合わせなければならないのだ。これも糸巻き同様、理屈でなく身体が、指先が要領を覚えて初めてものになる。

おちえは廊下からそっと、仕事場を窺ってみた。

熊治がかがり糸を鋏で切っていた。生地を台に止めていた糸だ。音もなく布が床に落ちる。それを熊治は手早く、張り替えた。太い指が滑々（すべすべ）と動く。一居は座ったまま、その指先を食い入るように見詰めていた。怖いほど真剣な眼差しだ。本当に怖いほど……。

熊治はもう何も言わない。台の前に座り、針に糸を通した。一居のことなど眼中にもない。そんな様子だった。

菊花風乱模様。

風に菊の花が揺れる。揺れながら花弁は散らない。どんな苦境の中でも咲き誇る花の美しさと強さ、凛々（りり）しさを女の生に重ねたとされる模様だ。江戸でも名の知れた大店（おおだな）からの注文だった。おそらく、娘の嫁入り道具の一枚だろう。

友禅の菊を熊治の針が縁取っていく。一居は微動だにしない。

足音を忍ばせ、おちえはその場を離れた。

何だか、頭も胸もじんじんする。火照っているのか、凍えているのか自分でもわからない。

お滝が言ったように、縫箔の仕事には糸染めも入っている。自分の考えた下絵を自ら描き、配色を決める。この下絵ならこの色をと、糸染めの段階から心の内に思い描き、その色ができるまで染めていくのだ。しかも、糸の色は褪せる。日にさらされ、褪色してしまう。

「糸の本当の色ってのはな、褪色した後に残ってもうこれ以上は変わらねえってとこまでいったものさ。つまりよ、十年は経たねえとてめえの染めた色の正体ってのはわかんねえもんだ。そこまで考えて染められて、やっと一人前なんだよ」

仙助の弁だ。

糸を染める。それだけのことが途方もなく難儀なのだ。そして、刺繡の技法。鎖、まつい、相良、繡切り、渡、割付文様、切り押え、駒取り、組紐、割、刺し、菅、肉入れ、竹屋町、芥子。

繡いの基になる技法だけで、十五種あるという。あくまで基となるもので、それらを使い分け、使いこなし、組み合わせ、さらに新しい技法を生み出しながら、職人たちは縫箔と向かい合う。

途方もなく、さらに途方もなく難儀な道だ。

二千石の旗本の身分を捨て、一居は歩き出している。職人に怒鳴られ、使い走りをさせられ、年下の小僧と共に働く。

吉澤さま。

思わず、かつての呼び方で一居に語りかけていた。

そんなにしてまで欲しいものが、縫箔の道の先にはあるのですか。あたしには、それが見えません。あたしが、あたしが欲しいのは。

ふっと源之亟の角ばった顔が浮かぶ。

伊上さまと共に榊道場を立て直す。

今のあたしの願い、望んでいること、欲しいものはそれだ。それだけだ。

おちえは指を握り込む。

吉澤さまは武士より縫箔職人を選んだ。あたしも女だの、町人だのの垣根を越えて道場を……。

「あっ」。声を上げていた。掃除の行き届いた廊下は、この時期でも足裏を心地よく冷やしてくれる。

あ、もしかしたら。

おちえは、息を一つ飲み込んだ。

台所に戻ると、お滝と話し込んでいた仙五朗が視線で問うてきた。

どうでやした。

おちえは目を伏せた。それだけで、仙五朗は全てを察したようだ。

身軽く腰を上げる。

「やっぱり、無理でやしたか」

「はい。兄弟子に台張りの手ほどきを受けている最中で、声をかけるのが躊躇(ためら)われました。すみません」

「いやいや、とんでもねえ。謝ったりしねえでくだせえよ、おちえさん。もとはと言えば、こっちが無理を押し付けてるんだ。謝られたりしたら、身が縮みまさあ。それでなくても、ずい分とお邪魔をしちまいました。今日のところはこれで、引きあげさせていただきやす。一さんには、また日を改めて話を聞かせていただきやすよ。すいやせんが、その故をちょいと伝えておいてもらえやすか。ほんとに長々と邪魔しちまって勘弁ですぜ。じゃっ、あっしはこれで」

おちえは一歩、前に出た。

「親分さん」

「へい」

「あの、宗徳先生ってずうっとお医者さまだったんですか」

仙五朗が瞬きする。おちえは、自分の頬を自分で叩きたくなった。

馬鹿、もうちょっとマシな言い方ができないの。

「えっと、あの……ですから、宗徳先生はお若いときからお医者さまであったのか、それとも、途中から医の道を進まれたのか気になったものですから」

「何で気になりやした」

「それは……、聞いたと思ったからです。あの、一さんを見て、先生が『武士か』と呟いたのを思い出したんです。あ、でも聞き間違いかもしれません。ほとんど声にはなってなかったし」

「ほう」

仙五朗の目が細められた。

「一さんは、やはり元はお武家なんでやすね」

「あ……」

口を押さえる。しかし、遅すぎた。お滝がため息を吐いて、下を向く。仙五朗は妙に柔らかな笑みを浮かべた。

「いや、わかってやしたよ。物腰にしろ、小柄(こづか)の使い方にしろ、気配にしろ、町方のものじゃねえなってわかってやした。ただ、人にはいろんな事情がありやすからね。事件に関わってねえ限り、人さまのあれこれを穿り(ほじく)出しちゃなんねえとあっしなりに、自分を戒めてるんで。岡っ引なんてのは、人の裏事情ばかり覗き見る仕事なんでねえ。だから、一さんの前身についちゃあ聞かなかったことにしやす。ここで忘れやすよ。それより」

ちらり。おちえに向けられた視線は、物言いとは裏腹に、険しいものだった。

「おちえさん、宗徳先生の前身も武士だと考えたんで？」

「考えたというより、閃（ひらめ）いたのかもしれません。元武家だからこそ、一さんに武家の匂いを嗅ぎ取ったんじゃないかと」

仙五朗は視線をおちえから外し、空に漂わせる。そして、呟く。

「そうでやすねえ。しかし、先生の前身と今度の件が結びついているかどうか……」

己に語りかけている呟きだ。

ややあって、仙五朗は視線をまたおちえに戻し、

「ちょいと調べてみやしょう」

と、言った。

「調べて、また、お知らせに参りやすよ、おちえさん」

「お願いいたします」

おちえは頭を下げた。

知らせてもらって何ができるわけでもない。宗徳の前身などその死とまるで関わりなく、おちえの進言はただの的外れであるかもしれない。的外れの見込みは大いにあるのだ。だとしたら、仙五朗に無駄足を踏ませることになる。

「あの……」

「あ、そうだ、忘れてやした。お秋がね、おちえさんに会いたがってやしたよ」

「は？　あたしにですか」

首を傾げる。宗徳の許を訪れたときにでも顔を合わせただろうか。思い返してみるが、心当たりはなかった。

「へえ。何でも、孫の憧れの人だとかで」

「はあ？」

ますますわからない。お秋もお秋の孫とやらも、まるで知らないのだ。憧れられるわけが一つも思い浮かばない。

にっ。仙五朗が笑んだ。屈託のない笑みだ。

「お秋には女の子の孫が一人いやしてね。目の中に入れても痛くないってほど可愛がってやす」

「お若って名前で、六つのときから榊道場に通ってたんですよ」

「はあ?」

「まあ、お若ちゃん」

「覚えてやすかい」

「覚えてますとも。あたしが、手ほどきしたんですよ」

澄んだ眸の可愛らしい、そして、利発な少女だった。剣の筋もよくて、呑み込みも早く、教えるのが楽しかった。榊道場の弟子たちは町人、武士の区別なく稽古に励んでいたが、やはり女の子は女であるおちえが受け持っていた。とはいえ、やはり武家の子女が多いし、町方の子も裕福な家の者が目立った。そんな中で、武家でも裕福でもないお若が萎縮することのないように、おちえなりに気を遣ってきたのだった。お若の才を伸ばしてやりたいと本気で思っていた。できるなら、この子が女子の師範代となれるまで育ててみたいとまで考えてもいた。

道場が閉門して、それも叶わぬ夢となったが。

「そうですか。お若ちゃんがねえ」

「へい。これも縁ってやつかもしれやせんね。お若にとって、おちえさんは神さまみてえだったらしいですぜ。いつか、おちえ先生のような綺麗で強い人になりたいってのが、お若の口癖だったとか」

「まあ」

そこまで慕っていてくれたのか。信じていてくれたのか。

胸が熱くなる。

少女のひたむきな眸が懐かしい。

「道場が閉門してから、ずっと塞いでいたそうで。他の道場に通うかって勧めても、おちえ先生のいる榊道場でなけりゃ嫌だと泣きじゃくってたそうでやすよ。今でも、道場の話になると涙ぐむとか。何とかなりませんかと、お秋に縋られて、あっしも困りやしたよ。下手人をあげてくれと頼まれるならまだしも、道場云々は些か勝手が違いまさあ」

「待っていてと伝えてください」

身を乗り出す。仙五朗が顎を引いたほどの勢いだった。

「お若ちゃんに、もう少し待っていてと伝えてください」

「……もう少し待てば、何かあるんで？」

「お若ちゃんとまた稽古できるようにします」

「ちょっと、おちえ。馬鹿をお言いじゃないよ」

お滝が袖を引っ張る。

「嘘じゃありません。必ず、必ず。道場の門をもう一度開いてみせます。お若ちゃんのような子がまた集えるようにしてみせます」

「おちえ！」

お滝の声はほとんど悲鳴だった。

仙五朗が軽く頭を下げる。

「わかりやした。お若に伝えやす」

それだけ言うと、裏口からするりと出て行った。ほとんど同時に、お滝の手がおちえの尻を叩く。

「いたっ、何すんのよ」

「この、馬鹿娘。親分さんにまで道場のことしゃべっちまって。そのお若って子が喜んだらどうすんだよ。喜んで待ち続けたら、どうすんだい。とんだ罪作りじゃないか。ちっとは物を考えな」

「考えてるわよ。そんなに待たしゃしないわ。おっかさん、あたし、ますます気持ちが固まったの。どんなことをしても、道場を立て直してみせる。あの門を大きく開けてみせるから」

お滝がよろめき、そのまましゃがみ込んだ。

「あら、どうしたの。腰でも痛くなった？」

「目眩がしたんだよ。おまえの言うこと聞いてたら、そのうち目眩どころか心の臓が止まっちまうよ。まったく、どこまで突拍子もない娘なんだよ、おまえは」

はあと大きく息を吐き、お滝は目を閉じる。

おちえは、仙五朗の消えた戸口に目をやった。風が出て来たのか、杉板の戸ががたかたと音をたてる。日が陰り、暗くなる。その暗みの中に、風に耐える菊の姿が浮かんだ。

五　柳下飛燕模様

真福寺は町家の並びの外れに建っていた。

石段もなく、山門をくぐると苔むした石畳が本堂まで続いている。

墓地は、その裏側にあった。

人の気配は感じられない。墓地を囲む雑木の間から冷え冷えとした風が吹きつけてくる。この時季なのに冷えているのだ。

「なんだか、気味悪いなあ」

おちえは足を止め、周りを見回した。

「そうですね。こんなに明るいのに暗みを感じます」

一居も立ち止まり、空を見上げた。

「墓地って、みんなこんな風なのかしら。あ、でも、お祖父ちゃんのは、もっとこざっぱりしたお墓だなあ」

「こざっぱりですか」

一居が仄かに笑んだのは、〝こざっぱり〟と墓を結び付けるおちえがおかしかったからだろう。

おちえは宗徳の墓参りに出向いてきた。本当は、お滝と連れ立ってくる段取りだったが、出かける直前にお滝が倒れてしまったのだ。

目眩がしたとか激しい動悸がしたとかではない。文字通り倒れたのだ。板場の上で足を滑らせて、横倒しになった。腰をしたたか打ったものの、動けないほどではなかった。それなのにお滝は夜具に臥したまま、さめざめと泣いた。

「何につまずいたわけでもないのに、転ぶなんて……。年取った証だよ。足腰が弱ってんだ。おちえ、おっかさんはもう年寄りになっちまったんだよ」

「おっかさん、昔から粗忽者でよく転んだり、物にぶつかったりしてたじゃない。今に始まったことじゃないって」

「それが弱っている親に向かっての言い草かい。おまえは、とことん親不孝娘だよ。あ、いたたたた。腰が割れそうだ。痛い、痛い。あぁあ、こんなときに宗徳先生がいてくれたらねぇ」

お滝が悲しげに呟く。

本当にそのとおりだと、おちえも思う。

宗徳は医者としての腕もさることながら、他人の慰め方、励まし方が上手だった。患者の繰り言や愚痴に辛抱強く耳を傾け、丁寧に診療し、相手が納得するまで病や薬について解き明かす。宗徳の足音を聞いただけで安心できたのは、おちえだけではないのだ。

「宗徳先生がいなくなって、何だか心細いよ」

お滝が弱音を吐いた。

「あんないい先生が殺されるなんて……いまだに、信じられないよ」

「殺されたって決まったわけじゃないでしょ」

「けど、先生自ら毒を呷ったなんてありえないだろう。殺されたって方がまだ腑に落ちるよ」

「腑に落ちなくていいの。そういうことは、仙五朗親分に任せておけばいいの。じゃっ、おっかさん、今日は休んでて。お墓参りにはあたし一人で行ってくるから」

立ち上がったおちえの裾をお滝が摑む。

「お待ち、一さんと一緒に行きな」

「一さんと？　何でよ」

「お目付け役だよ。おまえ一人、町に放しちまうとどこに飛んでくかわかんないだろう。また、道場がどうの立て直しがどうのと走り回られたらかなわないからね」

思わず首を竦めていた。

図星だ。墓参りの後、源之亟に会って諸々相談する心積もりをしていた。さすが母親だ。全て見通している。

「けど一さんは『丸仙』の奉公人よ。あたしのお付きにしちゃうわけにはいかないでしょ」

「お付きじゃなくて、お目付け役。見張り番なんだよ。あたしから、おとっつぁんには話をしとく。わかったね」

「そんな、一さんに気の毒よ。せっかく、必死に修業してるのに」

「おまえ言ったじゃないか。一さんは奉公人だってね。その通りだよ。下働き、雑用の類を引き受けるのが奉公人だ。今、針を握ってる職人たちもみんなそうやってきたんだよ。使い走りをして、掃除、水汲み、子守りまでやって、その合間に仕事を覚えるんだ。教えてもらうんじゃなくて自分で覚えるんだよ。必死だろうが、一生懸命だろうが一さんだけ別格ってわけにゃいかないだろう」

「おっかさん、それだけ舌が回るなら腰の痛み、たいしたことないんじゃない」

苦笑してしまう。そして、一居と連れだって歩けることに、ほんのちょっぴりだが心が浮き立った。

「ねえ、一さんはどう思う」

歩きながら問うてみる。

墓場は静まり返り、おちえたちの他に人の気配はしない。

「宗徳先生のことですか」

「ええ、ほんとに殺されたのかしら。それとも自害なのか」

「おちえさん、こういう事件に関してはわたしたちは素人(しろうと)です。幾ら思案しても答えは見えないでしょう。仙五朗親分にお任せするしかないでしょうね」

同じようなことをお滝に言った覚えがある。おちえは深く頷いた。頷いたけれど、それで口をつぐんだわけではない。

「じゃあね、一さん」

「はい」

「先生が医者になる前、お武家さまだったなんてこと、あると思う?」

一居は答えなかった。

腕組みしたまま、前を見据えている。

おちえは少し慌てた。

「あ、ごめんなさい。気を悪くした？」

一居が腕を解く。

「わたしが？　どうして気を悪くするんです？」

「え、だって……その」

つい、目を伏せていた。

一居が一つ、息を吐き出す。重い吐息だった。

「おちえさん、わたしに気を遣うのはもう止めてください」

「あたし別に気を遣ってなんか……」

「いますよ。それも、かなり。今もそうでしょう。宗徳先生の前身が武家であるかどうか、それを口にしただけなのに慌てて謝った」

「だって、それは、あの……」

唇を結ぶ。

一居に気を遣っている。確かに、そうかもしれない。お滝のようにすっぱり割り切って、奉公人扱いできない。ついつい、余計な心配りをしてしまう。

だって、あたしは知っているから……。

一居がどれほどの剣士なのか、知っている。どうしても、拘ってしまう。知らない振りはできるけれど忘れてしまうなんて無理だ。

おちえにとって、一居はまだ〝一さん〟でなく〝吉澤さま〟なのだ。だから、つい気を遣う。気を揉む。心を配ってしまう。余計な心配なんて、世話焼きなんて迷惑なだけだ。自分が一居の立場だったら、どれほど説いても真意を解してくれない相手に、苛立ち、焦れて言葉を荒らすかもしれない。どうしてわかってくれないのだと、怒りを露わにするかもしれない。

わかっているのだ。頭ではよくわかっているのだ。なのに、心が言うことを聞いてくれない。頭に背いて、吉澤一居を一さんと認めないのだ。頑なに認めないのだ。一居の物静かな、けれど底に決意を秘めた一言、一言を聞いていると、おちえは恥ずかしくて情けなくて申し訳なくて、身の置き場がないような心持ちになる。

「お許しください」

一居が頭を下げた。

「え？　どうして一さんが謝るの。謝らなきゃいけないのは、あたしの方でしょ」

「いえ、奉公人の分際でおちえさんに、無礼な口を利いてしまいました。親方がいたら一喝されていたはずです」

「一喝なんかするもんですか」

　おちえは心ばかり顎を上げた。

「一さんも、まだまだねえ」

「え？」

「『丸仙』の奉公人、縫箔屋仙助の弟子としてはまだまだ、何にもわかってないって言ったの」

「え……それはどういう……」

「おとっつぁん、いえ、三代目仙助はね、こと縫箔については厳しくて、まあこのあたりでなんて折れることはないの」

「はい、親方の気迫や心意気には傍にいて震えるような、ときには気圧されるように感じます」

　一居が生真面目に答える。嘘ではないだろう。仕事の最中、針を持つ仙助を一居は食い入るように見ていた。それこそ、恐ろしいほど張り詰めた眼差しだった。仙助が手を止めて、

「一、そんな眼をするんじゃねぇよ。取り殺されそうで、おっかねぇじゃねぇか」

苦笑しながら告げたほどだ。

「そう、そうなの。厳しいのよ。けど、それは仕事のときだけ。一旦、仕事から離れちゃうと、どうしようもないほどいいかげんなんだ。おっかさんに言わせると『使い古した襷の紐みたいに、緩んじまってる人だよ』だって。言い得て妙でしょ。あたし、大笑いしちゃった」

本当は、お滝は『着古した褌の紐みたいに、緩んじまってる』と言ったのだが娘の身で口にするには、さすがに〝褌の紐〟は憚られる。一居が瞬きした。

「おっかさんの言う通りなのよ。おとっつぁんときたら、ほんとだらしなくて、どこでも寝ちゃうし、湯屋に行くと必ず手拭いを忘れてくるし、他人の下駄を履き違えることもしょっちゅうだし、ご飯をぽろぽろ零すしねえ。困り者よ」

「はあ、ご飯を……。それは知りませんでした」

どう受け答えすればいいのか、一居は少し戸惑っているようだ。

「ぼろぼろよ。三歳の子どもでも、もうちょっときれいに食べるんじゃないかなあ。でも、まあ、そういうわけだから、『丸仙』には分際なんて、あんまりないの。全然ないとは言わないけれど、他所に比べたらものすごく垣根は低いはず。一さんも、そこのところ早く呑み込んだ方がいいよ。もっと楽に、気安く、あたしたちと付き合ってよ」

「おちえさん」

「あたしもつい一さんにいらぬ気を遣ってしまうけど、一さんも同じじゃない？自分は武士ではなく職人なのだ。奉公人なのだと言い聞かせ過ぎて、あたしたちの間に勝手に垣根を作ってるでしょ。だから、悪くもないのに謝るし、正しいこと言ってるのに無礼だったなんて的外れなこと言っちゃうの」

しゃべりながら気が付いた。

そうだ、あたしも一さんも間合いがとれていないんだ。剣を交え、戦うためのではなく、人と人が一緒に生きていくための間合いをあたしたちは計りかねている。今はまだ、見切れずにいるのだ。でも、でも……。

「これからだね」

思わず声に出していた。一居が柔らかく笑む。

「ええ、これからですね。お互いに」

手探りしながら間合いを作っていく。これからだ、何もかも。

ギャッギャッギャッギャーッ。

しわがれた鳥の声が響いた。とっさに見上げた空を黒い影が過った。鴉だろうか。

「おちえさん、さっきの問いかけのことですが」

「宗徳先生のこと？」

「はい。単刀直入に言って、わたしには、わかりません」

立ち止まりそうになる。一居が歩いているので、引きずられるように何とか足を前に出した。

「先生が武士かどうかってこと？」

「そうです。あの日、ほんの短い間お会いしたに過ぎないからなのか、わたしには先生の前身がどうなのか見通せません。ただ、あまりにおいは感じなかった」

「におい？」

「におい、というか纏う気配が、武士のそれではなかった」

「でも、長い間、お医者さまでいたならそっちの方が身について、お武家の気配なんて薄れて、消えていくんじゃない」

「そうかもしれないが、消えてしまうのにはずい分と長い年月がいるのではないでしょうか。武士に限らず、人が一度身に纏った気配はなかなか消えません。生まれ落ちたそのときから、身に沁みついたものですから」

一さん。

おちえは一居の横顔に目をやった。

「ええ、わたしもです。宗徳先生はわたしが元武士であると見抜かれました。それは、わたしがまだまだ町方の者になりきれない、武士の気配を引きずっているからです」

一居が引きずっているのは、武士の気配だけではない。

何の拠所もないけれど、おちえは感じていた。確かに感じていた。それが何かまでは、窺えないが。

「でも、それは先生が武士のにおいとやらを知っていたからじゃない。知っているからこそ気が付いた。狼を見たこともないのに、犬と似ているなんて言えないもの」

「狼と犬ですか。おもしろい譬えだ」

一居がくすりと笑う。笑った後、ああ、そうだなと呟いた。

「犬なのか狼なのかで気配も違ってくるのかもしれませんね。宗徳先生が命懸けで狼から犬に変わろうとしていたのなら……」

そこで口をつぐみ、一居は黙り込んだ。おちえも唇を閉じる。

宗徳の墓は墓地の奥まった一画にある。そこに向けて、二人は無言のまま歩いた。

いくら話しても、何も明らかにならない。謎は謎のままだ。いつかこの謎は解けるのだろうか。解けたとき、宗徳はどんな姿を露わにするのか。それとも、このまま真実は固く閉ざされて、ついに開くことはないのだろうか。

「おちえ先生」

不意に呼ばれた。

瑞々しい少女の声だ。振り向いて、驚いた。

「まあ、お若ちゃん」

榊道場で剣の手ほどきをした少女だった。少し見ない間に、背が伸びて、驚くほど大人びていた。くりくりとよく動く黒目は少しも変わっていないが。

「おちえ先生、おちえ先生」

お若が飛びついてくる。おちえも少女の細いしなやかな身体を抱き締めていた。

「お若ちゃん、まさか、ここで会えるなんて」

「お祖母(ばあ)ちゃんと、宗徳先生のお墓参りに来たの」

「お祖母ちゃんと?」

顔を上げる。

石畳の上に、女が立っていた。子持縞の小袖に昼夜帯を締めている。おちえと視線が合うと、仄かに笑み、腰を曲げた。

お秋さんだ。

お若の祖母で、宗徳の家で通いの女中をしていた者。

お秋は鬢のあたりに白い毛が目立つが、立ち姿がすっきりと美しく、とても〝お祖母ちゃん〟には見えない。

そうだ、この人なら。

おちえは息を呑み込んだ。

お秋さんなら、宗徳先生のことを知っている。

「宗徳先生のご最期ですか」

お秋が軽く唇を結んだ。

真福寺近くの水茶屋だ。

葦簀張りで、派手な暖簾が掛かっている。鮮やかな紅色が目に染みるようで、目立つ。

おちえたちは、薄縁の敷かれた床几に腰を下ろしていた。やや、奥まった場所で、周りには客の姿はない。

「何だか今でも、あの日のことはぼうっとしていて……」

お秋が小さく首を振った。

そうだろうと、おちえは頷いた。仙五朗の話からだけでも、宗徳の最期のすさまじさは伝わってきた。お秋は、それを目の当たりにしたのだ。しかも、宗徳は雇い主だった。日々の数刻をともに過ごし、笑い合ったことも、話し込んだことも多々あっただろう。おちえたちより、ずっとずっと深い付き合いだったのだ。そういう相手の無残な死に、お秋がどれほど打ちのめされたか想像に難くない。

「あの、お秋さん、すみません、不躾（ぶしつけ）に伺ってしまって。お秋さんがお辛いのはよくわかっておりますから無理はしないでください」

「おちえ先生」

お秋が顎を上げ、おちえを見詰める。

強く張り詰めた眼差しだった。

「この前、仙五朗親分さんがいらっしゃいました。やはり、先生のご最期の様子を詳しく知りたいと……」

「あ、はい。うちにも来られました。あたしたち、それで、宗徳先生がお亡くなりになったと知ったんです」

「親分さんは、はっきりとは仰いませんでしたが、先生が自死されたのではなく殺されたとお考えなんでしょうか」

「それは……まだ、何とも言えないと思います」

お秋がすっと背筋を伸ばした。

「もし、そうなら、どこかに先生を殺めた下手人がいるなら、あたしはそいつを許せませんよ。ええ、何がどうしたって、どんなわけがあったって許せやしません」

一息ついて、続ける。

「宗徳先生は患者さんだけじゃなくて、あたしみたいな通いの女中にも優しくて、本当に親身になってくれたんです。お若にまで心を配ってくださって、ええ、とても可愛がってくれたんです。そのうちいい奉公先を探してやると、お若にその気があるのなら、医術を教えてやってもいいと、そこまで言ってくださって」

お秋は袖で涙を拭いた。

「あんないい方を殺したやつがいるなら、あたしはそいつを捕まえるためにどんなことだってします。知ってることは何だってお話ししますよ。だから遠慮なく、お尋ねくださいな、おちえ先生」

「ありがとうございます。あ、でも、あの、お秋さん、お尋ねしたいこととは、まったく関わりないのですが」

「はい？」

「あたしを〝先生〟なんて呼ばないでください。なんか、えっと」

さすがに「お尻のあたり」とは口にできない。

「背中の方がむずむずしてしまって、落ち着かないんです」

本音だった。自分を卑下する気はさらさらないが、〝先生〟と呼ばれて平気でいられるほど図太くはない。

「あらでも、お若に剣を教えてくださったじゃありませんか。お若は道場から帰るたびに『おちえ先生に手ほどきしてもらった』と、それはそれは嬉しそうに話をしてくれましてねえ」

「それはまあ、教えはしましたけど……」

「おちえ先生、この子は母親を、あたしの娘だったんですが、早くに亡くしましてね。その後、いろいろあって、あたしが引き取ったんですよ。五つのときでした」

笹餅（ささもち）を頬張っていたお若が、軽く肩を竦めた。

「いろいろ辛いことがあって……そのせいなんでしょう。引き取った当時は、ほとんど口を利かない、黙ったままじっと座っているような子でしてねえ」

「まあ。お若ちゃんが」

俄かには信じられない。おちえの知っているお若は、たいてい楽し気に笑っていた。稽古のときこそ、にこりともしなかったが、それが終われば道場仲間の少女たちと一緒に笑い興じ、しゃべり合っていたのだ。

「それが榊先生の道場に通い出して、みるみる明るくなって。おちえ先生に手ほどきしていただけるようになったら、さらに楽しそうで。あたしは、もうほっとするやら、嬉しいやらで泣きそうになりましたよ。ですから、あたしたちにとっては、おちえ先生は先生なんです。恩人なんですよ」

〝先生〟の上に〝恩人〟まで加わってしまった。居心地の悪さは半端じゃない。

「頼みますから、さん付けにしてください。でないと、落ち着いてお話が伺えません。針の先でちくちく突かれている気分になっちゃいます。あたし、縫箔屋の娘なんですけど、お針が大の苦手なんですよ。あ、でも、それこそ今、何の関わりもないですよね」

「まっ」

お秋が破顔した。

「お若の言う通りだね。ほんとに、楽しいお方だ」

「でしょ、お祖母ちゃん」

お若もにっと笑う。

「わかりました。おちえさんと呼ばせてもらいますよ。そして、お話しさせてもらいます。宗徳先生のご最期の様子……。とはいっても、仙五朗親分にお話ししたものより他に、思い出したことも付け加えることもあまりないのですが」

あの日の朝、朝餉の用意ができあがっても宗徳は現れなかった。それを訝って部屋を覗いた。そして、宗徳の亡骸を見つけた。確かに、仙五朗から聞いていた通りの話だった。

「亡骸が見つかる前の日、先生はうちに往診にきてくださったんです」

おちえの言葉に、お秋がはっきりと頷く。

「ええ、よく覚えてますよ。『丸仙』の親方が血相変えて飛び込んでこられましたからね。お内儀さんが倒れられたとか。でも、たいしたことにはならなかったんですよね」

倒れたのはおちえだが、誤解を正す気にはなれなかった。まだ、尋ねたいことは残っている。

「宗徳先生は、うちから帰られてから様子が変わったと聞きましたが、それって、本当なんですか」

「はい」

これも、はっきりとお秋は首肯した。

「意気消沈とでも言うのでしょうか、まるで元気がありませんでした。夕餉もろくに召し上がりませんでしたしねえ。何だか心ここに在らずといった風で、じいっと何かを考えておられましたよ。それから急に、もう帰れって言い出したんです。あたしは、まだ片づけが残っていましたし、翌日の朝餉の下拵えもしておきたかったので『もう半刻ばかりいますよ』って答えたんです。そしたら……」

お秋の口元が歪む。

「怒鳴られたんですね」

お秋が言い淀んだ一言をおちえは口にした。

「はい。正直、驚きました。それまで、先生に怒鳴られたことなんて一度もなかったですからね。先生が亡くなられた後、堂島さま、先生の助手を務めておられる若いお医者さまですが、その方と話をしましたが、やはり同じ思いでしたね。あんなおっかない先生、初めてだと」

「そういうことって、今まで一度もなかったんですか」

いくら温厚な人柄でも、一年の内に一度や二度は怒鳴ることも、憤ることもあるだろうと思う。しかし、

「あたしたちに対しては、ありませんでした」

お秋は言い切った。

「いつも、とても優しくしてくださいましたよ。あ、でも、言うことを聞かない患者に対しては厳しかったですね。あれは……もう三、四年前になりますか。鶴吉さんて患者が通って来てました。名前の通り、鶴みたいに首の長い、でもがっしりした大きな身体の人でした。お酒が好きで好きで、酒毒にやられかけてたみたいです。顔なんか土気色をしてて、素人のあたしが見ても、病がかなり悪いってわかりましたよ。先生、口を酸っぱくして酒を控えるように忠告して、そのときは、二度と飲まないって約束するんですけど、やっぱり駄目で……。先生、殴ったんですよ」

「その鶴吉さんて人を？」

「ええ、顔を思いっきりこぶしで殴りつけて……。不意を食らって鶴吉さん、よけるひまもなかったんでしょう。床に転がってしまって。今考えると、だいぶ身体も弱ってたんでしょう。あっけないほど容易く倒れちゃいましたね。先生は……」

お秋が口を閉じる。黒目が左右に揺れた。頬のあたりが強張る。

「お秋さん？　どうしました？」

「あ、いえ……。しゃべっていると思い出すものですね。先生、あのとき本気で怒ってました。『自分の命を自分で粗末にする馬鹿野郎だ』って。ほんとに怖いほどの形相でした。鶴吉さんも本気で叱られてやっと目が覚めたんでしょうが、もう手遅れで……。一年も経たない間に亡くなりました。先生があんなに怒るところを見たのは後にも先にも、あのときだけです」

医者は命を守り、死から救うのが仕事だ。自分のものであろうと他人のものであろうと命を疎かにする者に激しい怒りを覚えるのは、当たり前だろう。

「どんな様子だったのですか」

それまで黙って耳を傾けていた一居が、口を挟んできた。お秋がすっと息を呑み込んだ。あまりに唐突だったので、驚いたのだ。

「どんな様子と言われますと？」

「宗徳先生が、その鶴吉さんとやらを殴ったときの様子です。もう少し詳しく、話していただけませんか」

「詳しく……ですか」

お秋の視線がうろつく。戸惑いが滲んだ眼つきだった。

「あ、こちらは……これは、うちの店の職人です。一と言います。えっと、今日はあたしのお供みたいな格好で……えっと」

一居のことを他人に紹介するとき、まだ少し迷ってしまう。

「一と申します。お見知りおきください」

一居が頭を下げる。

「あ、はい。まあ、丸仙さんにはこんな立派な職人さんがいらっしゃるんですねぇ」

お秋が瞬きをする。そこに、茶汲み娘が湯呑の載った盆を手に寄ってきた。

「お茶のおかわりをお持ちしました。お団子もどうぞ」

おちえは慌てて手を振った。

「え、でも、頼んでませんけど」

「よろしいですよ。おまけですから」

娘は一居に笑いかけ、空になった湯呑をそそくさと片付けた。

「ああ、なるほどね。一さんといるとこういう御利益があるんだ」

「それは、どうでしょうか。それより、お秋さん、先ほどの宗徳先生の件ですが、怖いほどの形相と仰いましたよね。鶴吉さんに対する怒り方は相当なものだったわけですか」

「あ、はい。それは……すさまじくて……」

　お秋が目を伏せる。唇だけをもごもご動かす。

「それは、医者が聞き分けのない患者を叱る、その埒内には納まらないほどの憤りだった。そう、お秋さんには思えたのですか」

「あの……はい。あたしは先生の、穏やかで静かな姿しか知らなかったので、余計に怖く感じたのでしょうが……。でも……」

　唾を呑み込み、お秋が顔を上げた。

「先生を誹(そし)るつもりは毛頭ありません。今でも心から、偉い方だったと思っています。でも、でも、あのときの先生は怖かった。まるで別人でした。ええ、そりゃあ鶴吉さんが悪いってのは、あたしだってわかります。わかりますけど……」

「宗徳先生は激昂(げっこう)して、鶴吉さんを殴った。医者としての怒りというより、激した情のままに殴りつけた。そんな風に見えたのではないですか」

　お秋が目を見開く。図星だったらしい。

「……鶴吉さんは、大柄とはいえ病人でした。病人がうずくまって詫びているのに、先生は容赦なく殴り蹴りました。見かねて、あたし、飛び出したんです。先生に、もう止めてくださいって。堂島さまも後ろから先生を止められて。ええ、あのときの先生はあたしが知っている先生じゃなかった。井筒宗徳じゃなかったんですよ」

一居が小さく息を吐いた。

「まるで別人、か」

そう、呟く。それから、声を低めてお秋に尋ねた。

「この話は仙五朗親分には？」

「していません。隠すつもりはありませんでしたが、何となく亡くなった者を詰っているようで言い辛くて。それに、あたしが言わなくても、堂島さまもその場にいたわけですから……」

お秋は肩を窄めた。

無理もないとおちえは思う。

何年も仕えていた主人だ。嘘ではないとはいえ、その人柄がひっくり返るような出来事を自分の口から、岡っ引には告げたくない。お秋の気持ちは、よくわかるけれど、間違っていた。

告げるべきだったのだ。

本当のことを、お秋が見たこと聞いたことをきちんと仙五朗に伝えるべきだった。

それにしても……。

人とはそんなにも違う面を持つものだろうか。別人のように変われるものだろうか。化粧をすれば、髪形を変えれば、ある程度は普段とは違う自分になれる。けれど、それはあくまで外面だけだ。内面、心のありよう、性質、あるいは為人と呼ばれるものはそう容易くは変わらないだろう。ただ、他人の思いもしなかった一面に触れて、驚くことはままある。偏屈で吝嗇だと嫌われていた老女が、身寄りのない幼子を引き取って大切に育てていたり、火事となれば真先に駆け付け奮闘する火消の親方が蛇に怯えて逃げ出したりと、人が一筋縄ではいかない生き物だと知れる逸話をたまに耳にする。けれど、それは老婆や親方が別人に変わったわけじゃない。普段、他人の目にさらしている面とは違う一面を持っていて、それがふっと表に現れたのだ。偏屈、吝嗇の裏に慈愛が、勇猛の裏に臆病が張り付いていた。だとしたら、温厚、篤心の裏側に残酷、無慈悲が隠れていることだってあるのではないか。あるだろうか。本当にそんなことがあるだろうか。

宗徳が手向かい出来ない病人を殴りつけている姿を思い描き、おちえは我知らず身震いしてしまった。

「もう一つ。気になることがあります」

一居が続けた。いつもの淡々とした口調だ。

「宗徳先生は夕餉にほとんど手を付けなかったそうですが、そもそも帰宅されたのは何刻（なんどき）あたりだったのですか」

「それは、親分さんにも問われました。あの日、先生がお帰りになったのはもう暮六つ近くになっていたと思います。あたし、夕餉の用意をほとんど整えておりましたからね」

「え、それは遅すぎるわ」

思わず腰を浮かせていた。

遅すぎる。

おちえの手当てをして、宗徳が『丸仙』を去ったのは、昼前だった。お滝が昼餉を勧めたのを断ってそそくさと帰ったはずだ。

丸仙の店がある八名川町から、宗徳の住む六間堀町までは、ゆっくり歩いても半刻、走れば四半刻かからずに着けるはずだ。

「先生は、どこか寄り道をしていたわけ？」

一居を見上げる。

一居はおちえを見返して、僅かに首を捻（ひね）った。

「そうとしか考えられませんね。いや、別に、先生がどこかに寄ったからといっておかしくはないですが」

おちえはお秋に向き直る。

「お秋さん、心当たりはありますか」

いいえとお秋は首を振った。

「先生は大抵の場合、お昼は召し上がりません。食べ物の好みも、わりに偏っていましたし、どこかのお店で昼を食べたということはないと思いますよ。寄るとすれば生薬屋(きぐすりや)さんとかでしょうか。でも、八名川町の方には馴染(なじ)みの生薬屋さんはなかったはずですが」

「お知り合いはどうでしょう。えっと、例えば、碁の相手とか、同じお医者の仲間とか」

やはり、いいえと答えが返る。

「あたしの知る限りでは、先生に親しくお付き合いしている人はいなかったと思います。先生は、一人でいるのがお好きだとかで、誰にしろ一緒にお酒を飲んだり、話に興じたりはされませんでした。医者同士の集まりにも、めったに顔を出さなかったんじゃないでしょうかねえ」

宗徳は独り身だ。

家族もなく、仲間も作らず、生きてきたことになる。作れなかったのではなく、作ろうとしなかった？

人望を集める医者でも、情け容赦なく病人を打擲する非情な男でもない。宗徳の三つ目の面、他人を寄せ付けない鰥寡孤独な面が見えた気がした。気がしただけだ。真実かどうかは、わからない。

「こんなこと言っちゃあいけないいんでしょうが」

お秋が目を伏せた。

「先生、昔、女の人のことで何か辛いことがあったんでしょうかねえ。それで、もう誰とも所帯を持つ気がなくなった……なんて、つい、考えてしまって」

「先生が何かそんな話を？」

「いえいえ、先生はご自分についてお話しになることはめったにありませんでした。お生まれは葛西だとちらっと聞いた覚えはありますが、他のことは何も。あ、でも、一度だけ」

お秋の視線が束の間、空を彷徨った。

「いつだったか、もうずい分前になりますかねえ。お若の咳が続いたことがありましてね、先生に診てもらったんですよ。お薬を処方してもらって、間もなく治りました。放っておけば、咳の後高い熱が出て、そのまま亡くなることもある。そんな病だったようで。あたしの住んでいる長屋からも一人、二つの子が同じ病で亡くなりました。熱が出たと思ったらどんどん高くなって、翌日の夕方にはもう駄目で……。お若は、宗徳先生に命を救われたんです。薬礼もお給金からほんの少しずつ払えばいいと言ってくださって、ほんとうに、仏さまのようなお方でしたよ」

お秋の語る宗徳は、おちえの知っている姿とぴたりと重なる。

慈悲深く、欲の無い、善意の医者だ。

「あたしは、床に頭を擦りつけるようにしてお礼を言いましたよ。心底からありがたかったですからね。先生がいなかったら、お若は助からなかったかもしれませんでした。ほんとに、どれだけお礼を言っても言い過ぎじゃありませんよね。で、そのときに先生は、医者として当たり前の仕事をしただけだと笑って、その後に」

お秋の話はようやく本題に入ったらしい。おちえは、膝に重ねた手に力を込めた。

「子ども一人助ければ、大人二人分の償いになるかもしれん」

「え？」

「先生がそんな独り言をおっしゃったんです。ぼそっと、ね。あたしも今のおちえさんのように、『えっ？』って聞き直しました。意味がよくわからなかったもので。今もわかんないですけどね。そのとき、先生がひどく慌てて、江戸に出てくる以前に、未熟が故に患者の命を救えなかったことがあって、そのことがずっと心に引っ掛かっているのだと。だから、つい、独り言になってしまった。思い出したくない往昔なので忘れてくれとも言われました」

「思い出したくない往昔か」

一居が呟く。

「先生がご自分の昔について口にしたのは、あのときだけでしたね。少なくとも、あたしは耳にしたこと、ありませんでしたねえ。だから、これは勘繰りでしかないかもしれませんけど、先生、昔に辛いことが、誰にも触れてほしくないような辛いことがあったんじゃないかって思うんですよ」

そうだろうか。そのために、宗徳は生国を捨てて江戸に出てきたのだろうか。

「おちえ先生。あの……」

それまで黙って大人の話を聞いていたお若が、遠慮がちに口を挟んできた。

「おちえ先生が、道場を立て直すって誓ってくれたって本当？」

「これ、お若。そんなことお尋ねしちゃ駄目だろ」

お秋が孫娘を咎める。

「だって、お祖母ちゃん、あたし気になるんだもん。もし、もし榊道場にまた通えるようになったら、あたし、ほんと嬉しい。あたしだけじゃないよ。おいしちゃんだってお梅ちゃんだって待ってる。道場が無くなって淋しいって言ってるもの」

「だからって、道場の立て直しなんて、そう容易くできるこっちゃあないんだよ。おまえだってもう八つなんだから、それくらいわかるだろう。おちえさんを困らせるんじゃないよ」

「いいえ、あたし、困ったりしません」

おちえはかぶりを振った。

「前とそっくり同じというわけにはいかないでしょうが、もう一度、道場の門を開けたいと、いいえ、必ず開けるつもりでいます」

「ほんとに」

お若の両眼が輝く。

「ええ、だから、待っててね、お若ちゃん」

「はい、待ってます。あたし、また、素振りを始めます。いつでも道場に通えるように用意しときます」

「まあまあこの子ったら、とたんに元気になって」

お秋が目を細める。それから、あっと小さな声を上げた。

「そうそう、お若に榊道場を勧めてくれたのも、宗徳先生でした」

「えっ、宗徳先生が？」

「はい。あたしが孫娘がろくにしゃべらず、じっとしている。どうしたものかと相談したのですよ。そうしたら、まずは身体を動かすようにしなくちゃ駄目だ。人は身体を一生懸命に動かしていれば、気持ちもすっきりするんだと仰って、榊道場に通うように勧めてくださったんです。榊先生にも直に話をしてくださいました」

おちえと一居はほとんど同時に、互いを見やった。

「てことは、榊先生と宗徳先生は顔見知り？」

「ということになりますね。榊道場は八名川町にある。丸仙を出た後、宗徳先生が寄ったとしても不思議じゃない」

確かめてみなければならない。

おちえは唇を噛んだ。

僅かに芽吹き始めた柳の下を燕（つばめ）が飛び交う。黒い小さな体が光を弾き、煌いた。

あと一月もすれば、人は夏の暮しの支度にかかる。

柳下飛燕模様。

夏衣にぴったりの模様だ。

ふっとそんな風に考えてしまうのは、縫箔屋の娘に生まれた性だろうか。

燕にしろ、芽吹き柳にしろ、光の粒を纏って流れる川面にしろ、これからの時季、眼に映る風景のほとんどは命と輝きに溢れてくる。散り際の紅葉や末枯れた葉の上の蟋蟀が、ものの哀れを感じさせる秋とは逆にある力強さだった。

生きろ、生きろ、生き抜くんだ。

飛ぶ鳥に、風の匂いに、風に揺れる木々の枝に、そう励まされていると感じる。

おちえは大きく息を吸い込んだ。

「おちえさん」

一居が腕を引っ張る。

「道が違いますよ。『丸仙』はこちらです」

「あら、家にはまだ帰らないわ」

「榊先生のところに寄るおつもりですか」

「そうだけど」

おちえは首を傾げた。

水茶屋の前でお秋とお若に別れたばかりだ。その足で、すぐに榊道場に向かうつもりだった。宗徳との関わり合いを問うてみたい。てっきり、一居もそのつもりだと考えていた。

「駄目です」

一居が珍しく言い切った。

「今日は、とりあえず『丸仙』に帰りましょう」

「え、でも……」

一旦帰ってしまうと、出辛くなる。お滝が目を光らせているし、仕事はそれなりにあるのだ。

「おちえさん」

一居の口調がさらに強く張り詰めた。

「まずは、仙五朗親分に知らせるべきだと思います。わたしたちは、ただの素人です。勝手に動き回っても碌なことにはならない」

「仙五朗親分に」

「そうです。今日のことを文なり、人をやるなりして残らず知らせるのです。それから」

「それから？」

「忘れます」

「え？」

思ってもいない返答だった。

足が止まる。

立ち止まったまま、おちえは一居を見詰めた。

「一さん、忘れるってどういうこと？　宗徳先生のことを忘れろって言ってんの」

そんなつもりはなかったが、ついつい口調が尖ってしまう。おちえは一文字に唇を結んだ。

「全てを忘れろとは言っていません。生前を懐かしむのも、冥福を祈るのもよいかと思います。けれど、その死因を探ろうとか、先生の死の真実を知りたいとか望むのは、分を越えているのではありませんか」

「分って……」

「おちえさん、おちえさんは縫箔屋のおじょうさんであり、わたしは奉公人です。人の死に関わる事件とは無縁でしょう。無理に関わっても碌なことにはなりません。

いえ、むしろ、関わってはならないのです。わたしたち素人が首を突っ込めば余計な騒ぎを起こしかねない。それは、仙五朗親分にとって邪魔にはなっても、手助けにはなりませんよ」

「でも、でも、この前のあの娘殺しの事件では、あたしたち、ずい分と親分さんの助けにはなったはずよ」

深川で起こった娘殺しの一件、その下手人を捕えるのに少なからずおちえたちは役に立った。独りよがりではない。真実のはずだ。その結末はあまりに悲惨で辛いものとなったが。

「あれは……榊道場そのものが深く関わっていました。おちえさんとしても否応なく巻き込まれたというのが本当でしょう。でも、今回は違います。宗徳先生の死とわたしたちを結び付けるものは何もない」

ぴしりと言われた。

「でも、もしかしたら宗徳先生、榊道場に寄ったかもしれないんでしょ。そこを確かめるぐらいは……」

語尾がへなへなと萎(しぼ)んでいく。反対に、一居の物言いは低く、けれど力がこもっていた。

「宗徳先生と榊先生が知り合いであったとしても、それはわたしたちには関わりないこと。むしろ、関わってはいけない気がします。わたしたちがあれこれ探索すれば、榊先生にとっても重荷になるやもしれません。知り合いであるのなら、親しければ親しいほど、宗徳先生が亡くなったという事実は、榊先生にとって辛いものでしょうし。これ以上、お気持ちを掻き乱してはいけないのではありませんか」

　言われてみれば確かにその通りだ。榊一右衛門は愛弟子（まなでし）を失い、心血注いだ道場を失い、自らは病床にある。思案が死へと繋がっていくこともあるだろう。道場の閉門の後、自裁しようとしたぐらいなのだ。どうして、そこに心を馳せられなかったのだろう。思い至らなかったのだろう。

　逸（はや）っていたのだ。

　気持ちが逸っていた。

　宗徳の死の真実を確かめたいと逸り、空回りしていた。そのことに、やっと気が付いた。

「仙五朗親分なら、そのあたりは心得ているはず。榊先生の心情を察しながら、尋ねるべきことを尋ねてくれますよ」

　一居は「すみません」と詫びた。

「出過ぎた真似をしました。おちえさんに意見をしたりして、それこそ分を越えていました。申し訳ありません」

「一さん」

「はい」

「あたしのこと、馬鹿にしてる？」

「え、まさか」

「馬鹿にしてるよね。間違いなく、してる」

「ど、どうして、わたしがおちえさんを馬鹿にしたりするんですか。そんなわけないでしょう」

本気で慌てているのだろう。一居は何度もかぶりを振った。

「今、謝ったじゃない」

「でもそれは、だから出過ぎた真似かもと……」

「一さんの言ってることは正しいよ」

おちえはこぶしを握り、一居を見据えた。

「全部、正しい。確かに、あたしたちが首を突っ込んでいいことじゃないものね。それに、榊先生のご心中まであたし考えられなくて……、一さんが止めてくれなかったら、ずけずけ問い質して先生を苦しめたかもしれない」

「いや、ずけずけ問い質しはしなかったでしょう」

「慰めてくれなくていいよ」

「慰めてるわけじゃありません。おちえさんの気性から言って、榊先生に限らず誰かを、闇雲に問い質すなんて真似はしないはずです」

「でも、考えなしで榊先生の所に行こうとした。一さんはそれに意見してくれた。出過ぎた真似なんかじゃないよ。それくらい、あたしだってわかる。わかるんだからね」

睨みつけると、一居は顎を引いて身を縮めた。そんなに怖い顔つきになっていたのだろうか。

「だから、謝ったりしないで。あたしが間違ってると思ったら、迷わず教えて。あたし、聞かなくちゃいけないことはちゃんと聞きます。それくらいの心構えはあります」

「はい」

一居が静かに頷いた。

「よくわかりました。おちえさん」

ふっ。おちえは肩の力を抜いた。

また、歩き出す。一居が横に並んだ。

「一さん、でもね」

「はい」

「あたし、おもしろがって宗徳先生の死に様を穿り出そうとしたんじゃないの。いえ、ちょっとは、好奇の気持ちもあったんだけど、でも、それより……何ていうか、心に引っ掛かってしまって……」

上手く言葉にできない。もやもやとした思いがちゃんと形になってくれないのだ。

風が吹いて、柳の枝を揺らした。仄かに若芽が匂う。

「ええ、おちえさんがおもしろがって他人の死を穿るような人じゃないってこと、わかっています。宗徳先生の亡くなり方は、確かに尋常じゃありません。惨いし、歪でもあります」

「親分さんも言ってたわ。自死にしてはおかしなところがあるって」

宗徳が着ていた作務衣のこと、毒のこと。仙五朗が話した通りを一居に伝える。

「親分さんの話を聞いたからかもしれないけど……ううん、それだけじゃなくて、あたし、何だか気になってしかたないの。何かあるって。何があるか見当もつかないけど」

一居が小さく唸った。

そのまま、黙って歩く。

燕が頭上で鳴き交わしていた。今年は燕の訪れが早いようだ。燕は春に飛来し、夏を過ごす鳥だ。いつもなら、その声に気持ちが弾む。袷から単衣に衣替えした身体のように、心持ちが軽くなるのだ。しかし、今日は僅かも浮き立たなかった。

おちえは、胸を押さえた。

手のひらに鼓動が伝わってくる。

あたしは、何が気になるのだろう。それとも一人勝手に騒いでいるだけなんだろうか。宗徳先生は本当に自ら命を絶たれたのかもしれない。なのに……。

「このまま終わらない気がする」

一居が呟いた。おちえは俯けていた顔を上げる。

「そうですか、おちえさん。そんな風に感じるのですか」

「わからない」

正直に答える。

「一さん、あたし、何にもわからないの。でも、変に胸騒ぎがしてるのは事実よ。

ええ、そうかもしれない。この一件、まだ、終わっていない。まだ続きがある。そう感じているのかもしれない」

ぞくっ。

背中に悪寒が走った。

とてつもない忌詞を口にした気がする。震えがくる。

空は晴れ、燕は高く飛翔している。風景の鮮やかさとはうらはらに、おちえの心内は冷えて鼠色に閉ざされていくようだ。

宗徳は自分で死を選んだのか、誰かに命を奪われたのか。何故死なねばならなかったのか、殺されねばならなかったのか。その謎の向こうに、何がうずくまっているのだろうか。

「駄目です。我々の手に負えるものじゃない」

一居が呟きよりやや声を大きくして言った。

「おちえさん、今日の内に仙五朗親分に連絡をとりましょう。やはり、それが一番いい」

淡々と、しかし、きっぱりと告げる。

おちえも頷いた。

ピチュチュチュ。

柳の垂れ枝に止まった燕が高く鳴いた。

六　青葉風枝模様

「おっかさん、榊先生のところに行ってくるね」

　そう声を掛けると、お滝はあからさまに眉を顰めた。いつものように「ああ、行っておいで。あまり長居するんじゃないよ」と、快く、あるいは諦め口調で送り出してくれる顔つきではない。

「おちえ、あのね」

「お針の稽古ならちゃんとやったわよ。おっかさん、いえ、お師匠に言われた通り端切れを二十枚、きちんと縫い付けました。それから、蒟蒻の煮付けも作っておいたし、竈の掃除も、表を掃くのもちゃんとやってます。ご安心を」

　畳みかける娘を横目で見やり、お滝は僅かに笑んだ。

「ええ、ええ、わかってますとも。竈の灰はきれいになってるし、表も葉っぱ一つ落ちてなかったよ。煮付けの味もなかなかだったね。ああ、良い味だったとも。おとっつぁんの大好物だから、さぞかし、喜ぶだろうさ。あれだけの味を出せるなら一人前さ」

「でしょ。おっかさんの味にはまだまだかもしれないけど、あたしなりに頑張ってるのよ。おっかさんやおとっつぁんが喜んでくれると、ほんと嬉しいし」

愛想笑いを浮かべながら、少しずつ後退りする。仙助がいつぞや囁いたとおり、お滝の薄笑みほど剣呑なものはない。できるだけ、遠ざかるに限る。

「おちえ、逃げるんじゃないよ」

母の一喝が響く。

「はいっ」

「煮付けはいいさ、掃除もまぁできてる。けど、これはなんだい」

お滝は指先で何かを摘まみ上げた。

様々な模様、色合いの端切れが繋がったものだ。

「何って、あたしがお針の稽古に縫い合わせたやつじゃないの」

「そうだよね。おまえが縫ったんだよね。縫ったんだね」

「何でそんなに念を押すのよ。そりゃあ……ちょっとは不格好かもしれないけど、前よりはよほどきちんと縫えてるはずよ。おっかさんと比べて下手だ不細工だと言われてもねえ」

頬を膨らませ、わざとむくれてみる。

「誰と誰を比べるって？　おふざけじゃないよ」

お滝が布の端を引っぱった。さほど力がこもっている風には見えなかったが端切れはばらばらになり、床の上に落ちた。

「おちえ、縫うってのはね、布と布をきっちり合わせて一枚にするってことだよ。まったく、ここまでいい加減に針を使えるなんて、逆に感心しちまうね。あたしじゃなくて、黒たまと比べた方がいいんじゃないかい」

黒たまは、時々やってきて餌をねだる野良猫の名だ。あちこちで餌をもらい歩いているらしく、野良とは信じ難いほど肥えていた。

「おっかさん、幾らあたしでも猫よりはマシだよ」

「わかるもんか。まったく、いったいいつになったらまともに針を使えるようになるんだよ。いいかい、おちえ、お針ってのはね、女にとって一等大切な仕事なんだ。小袖一枚縫えない女なんて女の内には入れてもらえない。だいたい、おまえが竹刀を握る半分でも本気で針を」

「ああ、わかってます。わかってます。帰ってきたら、お稽古するから。あ、これ、あたし、片付けるよ」

　端切れを掻き集め胸元に押し込む。

「じゃあ、いってきます」

「いってきますって、いつ、帰ってくるんだよ」

「日が暮れないうちには帰る」

「お日さまは、まだ天のど真ん中じゃないか。これ、おちえ」

　草履に足を突っ込み、勝手口から飛び出そうとした。飛び出してしまえばこっちのものだ。帰ったときに小言は倍になり、お滝の機嫌は相当斜めになっているだろうが、後のことは後で考えればいい。

　勝手口の戸が開く。入ってきた人影とぶつかりそうになった。

「うわっ一さん、びっくりした」

「あ、申し訳ありません」

　一居が頭を下げる。

「やだ、いつからいたの」

「いや、ついさっきです。親方からお内儀(かみ)さんをお呼びするよう言い付かりましたので。ただ、その、いつ入っていけばいいのか、その塩梅を計りかねて……」

「いつだって入ってくりゃあいいさ。あたしとおちえの言い合いを気になんてしてたら、刻の無駄ってもんだ。さて、親方、何用かねえ。染屋さんとの話かねえ。でも、ちょうどよかったよ、一さん、うちのじゃじゃ馬を捕まえといておくれ」

「は？　おっかさん、何言ってんのよ。何であたしが一さんに捕まえられなきゃならないの」

一居の横をすり抜けようとしていたおちえは、振り返って母親を睨んだ。お滝はふふんと鼻を鳴らす。

「鉄砲玉だからに決まってるだろ。一度飛び出すと、どこに飛んでいくか見当が付かなくなるってやつだよ」

「榊先生のとこだって言ってるでしょ。あたしだって、もういい大人よ。行き先知れずになんかなりません」

「蒟蒻の煮付け、輪っぱにでも入れて持っておいき」

「え？」

「いい味が付いてたよ。おまえでも、ちっとは女の真似事ができるって、榊先生に知っておもらいな。縁談の一つも取り持ってくださるかもしれないよ。それとね、一さん」

「はい」

「今、親方の仕事は一段落してるよね」

「はい。土佐屋(とさや)さんが間もなく品を受け取りに来られるそうです。次の仕事まで一息吐くと、仰っておられましたが」

「そうかい、じゃあね、ほんとにいつも申し訳ないんだけど、おちえのお目付け、また頼めるかい」

おちえは首を横に振った。

「一さんが忙しいの、おっかさんだってわかってるでしょ。あたしに付き合ってる暇なんて、一さんにはないの」

「ありますよ」

一居があっさり言う。

「昼過ぎからは、兄弟子たちは湯屋や両国(りょうごく)に出かけられるそうです。わたしは仕事部屋の掃除を言い付かりましたが、それは帰ってからでも十分に間に合います」

「じゃあ、あたしから親方に話を通しておくよ、おちえ、帰ってきたら、おまえも掃除を手伝いな。わかったね」

「だから、一さんを煩わせることないって」

「わかったよ。そこまで言うなら、一さんじゃなくてあたしが付いていくさ」

おちえは悲鳴に近い声をあげた。

「そっ、それだけは勘弁してよ。ほんと、堪忍して下さい。お願いだから、くっついてこないで」

「親をひっつき虫みたいに言うんじゃないよ」

お滝がもう一度、鼻を鳴らした。それから、犬を追いやるように手を振る。

「夕七つ、それまでには何があっても帰ってきな。それで、仕事部屋の掃除と夕餉の支度、それにお針の稽古をたっぷりとやるんだ。わかったね。一さん、夕七つ、どんなに遅くてもその刻限までにはおちえを連れて帰っておくれ」

「承知しました」

一居が頷く。母と娘のやりとりがよほどおかしいのか、笑いを懸命に堪えていた。

うわはははと、源之亟が哄笑する。遠慮など欠片もない大笑だ。

「おちえと母御のやりとりは、いつ聞いてもおもしろい。腹の底から笑えるのう」

「伊上さま。蒟蒻の皿を手に呵呵大笑しているお武家さまってのも、けっこうおもしろうございますよ」

ちくりと皮肉を口にする。が、源之亟には一向に効き目はない。あまつさえ、

「いやあ、この蒟蒻、まこと美味いぞ。美味、美味。蒟蒻をここまでうまく煮込めるとは見事だ。おちえ、やはり、おれの嫁になれ」

などと、言い寄ってくる。その腕をつねり、軽く睨みつける。これは効いたらしく、源之亟は身を縮めて、笑いを引っ込めた。

「ははは、本当におまえたちは愉快だ」

榊一右衛門も笑う。力弱くはあるが、確かな笑声だった。源之亟がふざけるのは、この笑い声を引き出したいがためかもしれない。

この無骨な男が存外、細やかな気配りをするとおちえは承知していた。

障子をあけ放った座敷には風が吹き通り、心地よい。その風が若葉の香りを運んでくる。

『土佐屋』に納める品の中に夏衣の一反があった。

青葉風枝模様。青葉の枝先に、翅を広げた天道虫が止まっている模様だ。裾と胸元に緑の葉が重なり、そこにただ一匹、橙色の小さな虫がいる。あの模様から吹いてきたような風だ。爽やかなその風のせいばかりではないだろうが、一右衛門の具合はよいらしい。夜具を畳み、座っている。顔色もこの前より幾分、明るくなって

いた。座敷には一右衛門の他におちえと一居、源之亟、そして仙五朗がいた。信江はおちえの持参した蒟蒻と漬物を茶請代わりに配ると、そっと姿を消した。

今日、仙五朗と示し合わせて、一右衛門をおとなうことにした。仙五朗が望んだからだ。

「榊さまはお武家でいらっしゃる。あっしのようなものがお邪魔して、あれこれ話を聞けるような相手じゃござんせん。おちえさんに、間を取り持っていただくわけにはまいりやせんか」

と。おちえは二つ返事で引き受けた。むろん一右衛門が士分を笠に着て、仙五朗を邪険に扱うとは僅かも思っていない。仙五朗も思っていないだろう。八名川町は仙五朗の縄張り(しま)だ。一右衛門の為人(ひととなり)については掴んでいるし、調べもしているはずだ。おちえを誘ったのは、おちえがいることで一右衛門が話し易くなると見込んだからだろう。

問うことは、医師宗徳の惨い死に纏(まつ)わる。病人にかける負担を少しでも減じたいと、仙五朗は考えたのだ。

異存はない。師の身体も心配だが、この一件の謎に踏み込める昂りも、正直ある。相当、ある。ただ……。

ちらりと横目で、蒟蒻を頬張る源之亟を窺う。

ただ、源之亟が先に来ていたのは慮外だった。聞けば、道場再開の相談と報告のため三、四日に一度は訪れているという。

「まあ、伊上さまったら、ひどい。あたしには何にも知らせてくださらないくせに、お一人で先生の所にいらしてたなんて。それって、あたしは頼りにならないってことですか」

つい、文句が零れた。口にしてから僻みっぽい愚痴だと気付き、耳朶が熱くなる。けれど、道場再開の話を聞いてから、おちえはずっと捉われてきた。胸が騒ぎ、高揚し、不安を覚え、でも、霧が晴れたような清々しい心持ちになり、と、それはそれは落ち着かなくすごしてきたのだ。お若たち門下生の想いも背負ったつもりだ。それなのに、蚊帳の外に置かれていたなんて。なんとも悔しい。

「いやいやいや、それは違うぞ」

源之亟が右手を左右に振る。風が起こるほど激しい振り方だった。

「おまえを頼りとせずして誰を頼りとするか、だ。ただ、その、おまえを呼び出すのが気が引けてなあ。言っても、おれは男だしおちえは女だ。年頃の娘を姿形のいい若侍が度々呼び出したり、おとなうのも憚られるではないか」

「どこに姿形のいい若侍とやらがおられるのです。一向に見当たりませんけど」

わざと、辺りに視線を巡らせる。源之亟が肩を竦めた。

「おちえ、いつもより、さらに厳しいぞ。そんなに腹を立てるな」

「べつに怒ってなんかいません。では、伊上さまは世間の目が怖くて、あたしにお知らせくださらなかったというわけですね」

「世間ではなく、おちえの母御の目が怖くてな。うちの娘に何をするかと一睨みされるだけで、震えあがる。かといって、まさか吉澤どのを気軽く取次に使うのも、やはり憚られてなあ」

源之亟は座敷の隅に端座する一居に束の間、視線を投げた。

「一さんはうちの奉公人です。ご用があるなら使ってくださって構いません。ね、一さん」

これからも蚊帳の外は嫌だ。源之亟と繋がる紐帯(ちゅうたい)を確かなものにしたい。おちえの中で小さな焦りが燃える。

「はあ……、それはわたしの立場ではお断りもできませんが……」

「歯切れが悪いわね。嫌なの」

「おちえさん、わたしだってお内儀さんは怖いです。睨まれたら、竦んで動けなくなります。内緒で取次するなど、荷が重過ぎるのですが」

「あっしもですぜ」

仙五朗が口を挟む。

「お内儀さんの一睨みで縮みあがりやす。えらい眼力でやさあ」

「まあ、親分さんまで。おっかさん、そこまで豪の者だったんだ」

お滝を肴にして場が賑わう。それが一段落した後、一居がそっと目配せしてきた。頷く。

わかっている。今日の用向きは道場の再建ではない。宗徳の死に関わってのことだ。ここに来ると、つい、気が昂ってしまう。榊道場の門が再び開く。その想いに、望みにどうしても引きずられてしまう。仙五朗としては、一刻も早く一右衛門から話を聞きたいだろうに、もどかしさなど微塵も見せず座っている。

「すみません。親分さん。話の矛先が変な方に行っちゃって」

「いや、そんなこたぁありやせんよ。あっしには再開云々のくだりは、よくわかりやせんが、今日、お邪魔したことと榊さまの道場とは、まんざら無縁とも言い切れやせん」

一右衛門が仙五朗に身体を向けた。

「親分さん、それはどういう謂いであろうか」

「へえ、じゃあ、ちょっとお尋ねいたしやす。お身体に無理がかかるようでしたら、すぐに引き上げやすので、よろしくお願えしやす」

仙五朗が頭を下げる。紹介するまでもなく、一右衛門も仙五朗も互いを知っていた。仙五朗は縄張り内にある道場の主として、一右衛門は名うての岡っ引として相手の名を耳にしていたのだ。ただ、顔を合わすのは、今日が初めてだった。

「榊さまは、六間堀町の井筒宗徳ってえ医者をご存じでやすか」

「むろん、知っておる」

仙五朗のおとないが、宗徳の一件に関わっていると察していたのか、一右衛門の口調は落ち着いていた。それでも、表情が曇る。

「自裁したと聞いたが……真だろうか」

「へえ。毒を呷って亡くなりやした。けれど、自裁かどうかはまだ、はっきりいたしやせん」

遺書がまだ見つからないこと、遺体で見つかったとき宗徳が部屋着姿であったことなどを仙五朗は手短に伝えた。

「まあ、人ってのものが死を覚悟したとき、何を思ってどう動くかなんて誰にも定められやせん。下帯一つで枝からぶら下がった者も、長襦袢のまま喉を突いた者もおりやしたからね。みながみな、覚悟を決め、遺書を残し、身嗜みを整えて死に臨むとは言い切れやせん」

「いや……宗徳どのは、覚悟しておったのではないか」

仙五朗だけではない。おちえも源之亟も目を見張った。一居でさえ息を呑み込んだようだ。

「榊さま、宗徳先生はあの日、こちらにお見えになったんで？」

「うむ」

「確かなんで」

仙五朗がにじり寄る。〝剃刀の仙〟と称される切れ者岡っ引でも、手応えには心が乱れるものらしい。眼つきがいっそう鋭くなった。獲物を狙う猛禽に似た眼だ。

「宗徳どのが亡くなった日がいつか、確とは知らぬのだが」

「かれこれ、十日あまりになりやす。初七日も済んだところで」

「そうか、では、やはりあの日のことであったか」

仙五朗がさらに膝を進める。

「榊さま、すいやせんがもうちっと詳しく聞かせてくだせえ。あの日、つまり宗徳先生が亡くなった日、ここに来られたんでやすね」

「来たというより、呼び入れたのだ」

「呼び入れた？」

「うむ。おい、おい、信江」

唐突に一右衛門は妻の名を呼んだ。すぐに信江が現れる。手には急須の載った盆があった。

「お呼びになりましたか」

「親分さんに、宗徳どのを呼び入れた経緯を話して差し上げろ」

信江が瞬きする。おちえは進み出て、信江から盆を受け取った。一居がさらに受け取り、茶を注ぐ。

「はあ……経緯と言われましても……」

信江は首を傾げ、おもむろに口を開いた。

「あの日、門前を掃いておりましたの。そしたら、宗徳どのが歩いてこられて、お顔の色があまり優れぬようでしたからつい、お声を掛けてしまったのです。お加減が悪いなら、一休みされませぬかと」

信江ならそれもあるだろうと、おちえは合点する。顔見知りであろうとなかろうと、どのような身分であろうと、具合の悪そうな相手に手を差し伸べる。

そういうお方だ。

胸の底が温かくなる。

「歩いてきたというのは、どっちの方角でやした」

仙五朗の口調には何の情も含まれていない。空しくはないが冷たさは感じる。

「それは……、えっと、讃岐屋さんの方でした。筆屋の讃岐屋さんです。大きな筆をかたどった看板を出しているお店です」

承知しているという風に、仙五朗が首肯した。おちえも一、二度だが道場の帰りに立ち寄った覚えがある。お滝に頼まれ、お遣い用の筆を購うためだった。でも……。

「でも、『丸仙』から榊さまの道場まで、当たり前に歩けば『讃岐屋』の前は通りやせんよね。反対の方角になりやすから」

おちえの疑念を仙五朗が言葉にする。信江は事情が呑み込めないらしく、黒目を僅かにうろつかせた。

「ええ、そうですね。丸仙さんとは逆になりますけれど」

「あの日、宗徳先生が『丸仙』を出たのは、まだ昼前のはずでやす。それが、家に帰られたのは夕餉間近のころってんでやす」

一右衛門が腕組みをして、顎を引いた。

「どこかに寄り道をしていたというわけか」

「さいでやす。その寄り道の一つが、ここ、榊道場らしいんで」

「あら、でも」

信江が僅かに腰を浮かせた。

「わたしが宗徳どのをお呼び止めしたのは、昼餉もとっくにすんだ刻でしたよ。ええ、そうそう、昼八つを過ぎて、夕方に近かったのではないかしら……。猫の騒動で気が動転しておりましてね、はっきりとは覚えていないのですが」

「猫の騒動？」

仙五朗の鼻先がひくりと動いた。獲物の匂いを嗅ぎつけた猟犬を思わせる。

「この辺りで猫が何匹も死んだのだ。その内の一匹が、我が家の門前に転がっておってな。口から血を吐いて惨い死に様だった。それを信江が見つけて」

一右衛門が顔を向けると、信江は泣き笑いの表情を浮かべた。

「はしたなくも、悲鳴をあげてしまいました。うちによく来ていた野良猫でしたから。白くて、まだ、小さくて。ときどき餌をやっていたのですが……。こんなことになるのなら、ちゃんと飼ってやればよかったと悔いておりますの」

「血を吐いて死んでたってのは、毒で殺られたってこってすね」

仙五朗が問うた。おちえは胸の上に手を置く。鼓動が乱れて、息苦しい。

「そうだ。まあ、名は出さぬが、さる隠居の仕業だとわかっておる」

「わかってるんですか」

と口にして、おちえは慌てて唇を結んだ。落胆の滲んだ口調が恥ずかしい。宗徳の最期と猫の死に様をつい重ねてしまった思案も恥ずかしい。下を向いてしまう。

「うむ、わかっておるのだ。そのご隠居が自ら触れ回ったからな。何でも、せっかく丹精した盆栽を猫に穿られ、糞までされて堪忍できなかったそうだ。で、魚のすり身に毒を混ぜた団子をあちこちに撒いたというから恐れ入る。まあ、ご隠居の気持ちもわからないではないが、やり方がちと乱暴ではあったな」

「ちとどころでは、ございません」

信江が珍しく眉を顰める。

「あまりにも短慮すぎます。自宅の庭だけならまだしも、町中のあちこちに撒くなんて、どういう料簡でしょう。そのせいで飼い猫まで死んでしまってねえ。そこまで考えが及ばなかったのでしょうか。猫は悪さもするけれど鼠を獲ってもくれます。

子どものように可愛がっていた飼い猫を殺されて、ご隠居に怒鳴り込んだ方もおられて本当に大騒ぎになりました。あの日は、町中の毒団子をともかく拾い集めようとしたのですが、当のご隠居が事の成り行きに慌てたのか、拗ねてしまったのか、どこに撒いたかいちいち覚えていないの一点張りでねえ。ほんとに大変でした」

〝大変〟を表すように、信江が長い息を吐き出す。

「なるほど。そりゃあお疲れでやしたねえ。では、ずい分な数の猫が死んじまったわけだ」

「ええ、わたしが存じているだけで五匹ですから、もっとたくさん殺されたのでしょう。殺生なことです」

「もしかしたら、宗徳先生も見たかもしれやせんね」

「え？」

「猫の死体ですよ。あるいは、まだ死にきれず苦しんでいるやつを」

信江の視線が、束の間だが空をさまよった。「ああ」と声が漏れる。

「そう言われるとそうかもしれません。宗徳どの、本当にお顔の色がよくなかったのです。血の気というものがほとんど失せていたようでした。あれは、猫の惨たらしい様を目にしたからでしょうか」

「それは、些か解せませんなあ」

源之亟が口を挟んできた。

「解せぬか」

一右衛門が愛弟子に眼差しを向ける。信江もおちえも仙五朗もそれぞれに、源之亟のいかつい顔に目をやった。

「あ、いや……おちえ、そんなに見詰めないでくれ。気持ちはわかるが、そうひたむきに見詰められると照れるではないか」

「見詰めてなんかいません。伊上さまのお顔、見飽きるほど見ておりますもの。今更です。つまらぬ冗談などどうでもよろしいから、仰ってください。今のお話のどのあたりが解せないのですか」

「おちえ、物言いがきつすぎる。もそっと優しくしてくれ」

「伊上さま！」

「はい。わかった、わかった。いや、別にたいした所見ではない。ただ、その宗徳どのとやらは医者だろう。だとしたら、猫の死骸なり死に掛けなりに顔色をなくすほど動揺するかと思うたのだ。町医者なら、本道（ほんどう）だ外科だと選んだりはすまい。火傷（やけど）だろうが金瘡（きんそう）だろうが治療するだろう。毒に中（あた）って苦しむ患者も担ぎ込まれるやもしれんし。いくら惨くても猫になあ……」

源之亟がもごもごと口ごもる。

「確かに、伊上の言うことも一理ある。宗徳どのをよく知っているわけではないが、そう容易く怖気づく性質ではなかったはずだ。ああ、そう言えば、石積みの人夫が崩れてきた大石の下敷きになって、たいそうな怪我を負ったという話をしたことがあった。宗徳どのが駆けつけたときは腸がはみ出していて、もう手の施しようがなかったとか。うーん、腸がはみ出した男に比べれば、猫など何ほどにもならんか」

一右衛門は腕を組んだまま、天井を仰いだ。

先生、本当に元気におなりだわ。

一右衛門の血色の良い頬や力のこもった口調に、おちえは改めて安堵する。師範の恢復が、そのまま道場再開に繋がると逸るほど世間知らずではない。けれど、打ちのめされ自害まで覚悟した師が生に向かい、立ち上がろうとしている。その生きとした力を感じ取れるのは、嬉しい。掛け値なく、嬉しい。

伊上さまのおかげなんだわ。

隣に座っている無骨な男に手を合わせたい。

「けれど、宗徳先生の様子はただ事ではなかった。奥方さまが思わず呼び止めたほど、具合が悪そうだったんでやすね」

仙五朗の低く冷めた声が耳に滑り込んできた。

「ええ。何と言うのでしょう……。憔悴(しょうすい)しているといった風でした。ですから、少し休んでいかれませんかと声を掛けたのです。ちょうど甘酒をいただいておりましたので、一休みなさいませ、と」

答える信江の声音は柔らかい。

「宗徳先生は、何と答えたんで」

「ほんの暫(しばら)く立ち止まって、『お邪魔してもよろしいかな』と、わたしは、もちろんですとお答えしました。ちょうど、榊も起きておりましたので部屋にお通ししたのです。それで……、宗徳どのは、どのくらいおられましたかしらね」

「半刻ばかりであったろう」

妻の言を受けて、一右衛門が答える。

「どんな話をしたか、覚えておられやすか」

「話か……。これといって、大層な話はせなんだが。よもやま話の類で……今年の桜の様子がどうのとか、冬場に流行(はや)った風邪(かぜ)がどうのとか……そうそう、おちえが話題になったのう」

「あたしがですか？」

「そうだ。娘盛りを迎えてめっきり美しくなったと、宗徳どのが褒めてな。それで、わしが見目形より剣の腕の方が、格段勝っておろうとさらに褒めておいた」

お滝がここにいたら、恐ろしいほどに眦を吊り上げていただろう。けれど、おちえは師の称賛が素直に胸に染みた。

「他には、特にございませんでしたか」

「うーむ、特には……」

一右衛門が考え込む。今度は、信江が引き取った。

「お仕事の話が主だったではありませんか。ほら、流行り風邪に罹った童の話とか、肺病の職人さんのこととか、救えなかった患者さんのお話をずっとされておいででしたよね。さきほどの石積み人夫についても、そのときお話しされたはずです」

「病や傷を治せた患者ではなくて、治せなかった患者の話でやすか」

信江は仙五朗に顔を向け、はっきりと頷いた。

「ええ、亡くなった患者さんのことばかり。あの者も救えなかった、あの子どもも助けられなかったと。それで、だんだん表情も暗く沈みがちになって、それで、わたし、つい『もう、おやめあそばせ』と、宗徳どのの話を遮ってしまったのです。

何だか、聞いていて胸が苦しくなるようで……。ほんとに、暗い、とても暗い……どう申せばいいのでしょう。宗徳どのが闇に包まれているような、そんな気配を感じてしまいましてね」

胸に手をやり、信江は束の間、黙り込んだ。

思い出したのだろう。

道場閉門の後、死を決意し、死を望んだ一右衛門の姿を。まさに闇に包まれ、闇に引きずり込まれそうになった夫と宗徳の暗みがぴたりと重なったのではないか。

先生がお腹を召されないで、本当に良かった。

おちえも自分の胸元を軽く押さえる。信江は顎を上げ、言葉を続けた。

「重い病に罹る。あるいは、深い傷を負ってしまう。それで命が尽きるとしても、お医者さまのせいと言い切れるわけもありません。どんなに尽力しても、死神に負けることだってあります。むしろ、その方が多いのではありませんか」

「その通りでやす。言っちまえば、患者が亡くなったことを全部、己のせいにしていたら、医者なんてやってられねえでしょうよ」

「ええ、わたしもそう思いましたの。お医者さまは死と隣り合わせのお仕事ですもの。どこかで踏ん切りをつけられなければ、前には進めませんよねえ」

信江が首を傾げる。おちえは相槌を打ちそうになった。

宗徳はかれこれ十年近く、『丸仙』の掛かり付けの医者だった。どれくらい前から医業を始めたのか、どういう経緯で医道に踏み込んだのか知らないけれど、評判のいい、腕の立つ医者であったのは事実だ。長い年月の間には、治せなかった病も怪我もたんとあっただろう。あるのが当たり前だ。死は悼まねばならない。救えなかった命を悔やまなければならない。しかし、ずっとそこに拘っていては、仙五朗の言う通り、医者は務まらないだろう。拘らず、前を向けたからこそ、医者を生業（なりわい）として続けてこられたのではないか。

「てことは、宗徳先生は急に気弱になられたってこってすかね。他人（ひと）さまの死を背負いきれねえぐらい気が弱っちまったと」

「……なのでしょうか」

信江はもう一度、首を傾げた。

「そもそも、宗徳先生と榊さまは、どのようなお知り合いなんで」

仙五朗が視線を信江から一右衛門に移した。

「さほど深い付き合いではない。二度、三度、話をした程度だ。座敷にあげて、ゆっくり話をしたのが、その猫騒動のあった日だから……、そうか、あれが長く語らった初めてでありながら最後ということになるのか。そう思えば何ともやりきれぬ心持ちになるのう。仙五朗親分」

「へい」

「先ほど、わしは宗徳どのが死を覚悟していたのではと申した」

「へい。確かに仰いやした」

「信江の言った通り、宗徳どのが纏った気配があまりに暗かったからそう感じたのかもしれん。あれは、ぎりぎりに追い込まれた者の暗みだった気がする」

「宗徳先生は心の内を何も話さなかったんでやすね」

「話さなかったな。そこまで深い付き合いではなかった。もう少し親身な間柄であったら、何もかもを打ち明けたかもしれんが」

　仙五朗が小さく唸る。一右衛門の言う通りだと、宗徳は自死した見込みが高い。それなら、仙五朗の引っ掛かっている遺書や死に装束、毒薬のことはどうなるだろう。あの日、『丸仙』でおちえを診療したとき宗徳にさほどの変わりはなかった。冗談さえ口にして、笑った。一居に驚き慌てはしたが、それでも思い悩んではいなかったはずだ。ましてや、死に繋がる暗みなど僅かも感じなかった。

　とすれば、『丸仙』を出てから榊道場の前を通るまでの二刻足らずで、宗徳の身に死を覚悟させるだけの何かが起こったというわけか。

たった二刻、四半日にとても足らぬほどの間に何があったのか。それとも、自死と決めつけるのは早計だろうか。早計だ。まだ、何も明らかになっていない。おちえよりずっと目まぐるしく、仙五朗の頭の中は動いているに違いない。しかし、

「顔見知りになったのは、どういう経緯からか覚えておられやすか」

と問うた口調は穏やかだった。

信江と一右衛門が顔を見合わせる。

「もう二、三年も前になるかもしれん。宗徳どのが訪ねてこられたのではなかったか」

「あら、違いますわ。訪ねてこられたというより……あらあら」

信江の口元が綻んだ。

「そのときも、わたしが声をお掛けしたのです。ええ、思い出しました。宗徳どのが門から道場を覗くような素振りをしていらして。わたし、てっきり入門者かと思い、中に入るように促したのです。そしたら、おちえさんの名を出されて、ね」

「あ、また、あたしですか」

「そうそう。自分は医者だが、知り合いの娘がこの道場に入っていくのを見て、つ

い気になったと仰っておいででした。それが、おちえさんのことでしたの。そのころ、おちえさんはもう道場内で並ぶ者のない遣い手になっていて、伊上さんなんか、よく『今日も、おちえに勝てなんだ。悔しいにも程がある』と零しておられましたよね」

「奥さま、ここで、それがしを引き合いに出さないでいただきたい。返答に窮しまする」

源之亟が唇を突き出す。不貞腐れた子どもみたいだ。

「まあ、これは配慮が足りませんでした。お許しあそばしてね。気を悪くなさらないでくださいましよ、伊上さん」

仙五朗が身振りで先を促す。

「あ、はいはい。すみません。女の話は、すぐに取り留めなくなりますね。えっと、ともかく、わたし、おちえさんのことをお伝えしたのです。そうしたら、いたく感心なさってね。あ、もちろん、おちえさんのことをですが、榊道場が武家も町人も、さらには男も女も分け隔てなく稽古をつけるという、そこにも感銘を受けたと仰いました。ただ……」

「ただ、何でやす」

「剣は嫌いだと言われたのです。まあ、ほんとにしゃべっていると思い出すものですねえ。とっくに忘れていた些細なことまでよみがえって参ります。ええ、あのとき宗徳どのは、はっきりと剣は嫌いだとも言うたのです。いえ、嫌いだではなく恐ろしい、だったかもしれません。剣は使い方を誤れば、人の命を奪ってしまう。そこが恐ろしいのだと」

「なるほど。医者らしいご意見じゃござんすねえ」

「それは、あまりに偏ってます」

つい、口を差し挟んでしまった。不躾だとわかっている。家であったなら、お滝の物差しが容赦なく膝を打っただろう。でも、言わずにはおれなかった。

「使い方を誤れば、人を危うくする。それは何も剣に限ったことではありません。お薬だって、針だって。馬だって、包丁だってそれを使う者が未熟だったり、こころが歪んでいたりすれば人を損ねます。ですから、あの……」

「なるほど、人を危うくするのは道具ではなく、あくまで使い手、つまり人ってことだな」

源之亟が何気なく助け舟を出してくれた。

「あのとき、宗徳どのにそう言えばよかったのですね。頭が回らなかったわ。でも、宗徳どのは、うちの道場をいたく気に入ったらしく、暫くしてから入門を乞うてきたのです。あ、ご本人じゃなくて、知り合いの娘さん。まだ、五つか六つのかわいい女子でしたよ」

「お若ちゃんですね」

「そうそう、お若ちゃん。おちえさん、熱心に手ほどきしてあげてましたね。お若ちゃんも、よくなついて。姉妹みたいでした」

信江が目を細める。心が、刹那、来し方に引っぱられたようだ。

おちえ先生が、道場を立て直すって誓ってくれたって本当？

張り詰めた少女の眸が浮かんでくる。

「なるほど。そういう繋がりでやしたか。で、そのとき、先生はお一人だったんでやすね」

「お一人でしたよ」

「薬籠はどうでやす。提げておられやしたか」

「いいえ。手ぶらでした」

仙五朗は膝に手を置き、一右衛門の方に身を乗り出す。

「その後もちょいちょい、宗徳先生はいらしてたんで」

一右衛門がかぶりを振った。

「いや、お若の件以来ほとんど会っていない。一度、両国の広小路でばったり出会ったが、人が多くて、目礼しただけですれ違ったな」

「そうでやすか」

仙五朗は眉を寄せ、ぽつりと呟いた。

「宗徳先生はなぜ、おちえさんを見かけたんでやしょうね」

「え？」

呟きの意味がわからない。他の者もそうらしく、視線が一斉に岡っ引に注がれた。注がれる視線を気にする様子もなく、仙五郎は周りを見返した。鋭くはないが、強い眼差しだった。

「あっしなりに宗徳先生の身の回りを調べてみやした。独り身で、女房子どももはいねえ。とりわけ深く付き合っていた相手もいなかった。医者仲間ともつかず離れずといった付き合いでやした。狭いんでやすよ。いたって狭い。喩えは悪いですが、臆病な獣が巣穴の周りから離れない、そんな風にも感じられやす」

「でも、宗徳先生はよく往診をなさっておいででした。浅草の向こうまで行くことも度々あると聞いた覚えがあります」

「へえ、おちえさんの言う通りでやすよ。宗徳先生は患者控えを残しておられやしてね、日ごとに、患者の様子や治療の手立て、処方した薬、往診先などを記したもんでやす。それを見ると、往診にはよく出向いていたみてえで。けど、それも浅草界隈(かいわい)までなんで。しかも、往診より他に出歩いた風もねえ。手下を使って、とことん調べ上げたつもりでやすが、先生が仕事以外であちこちした様子はまるで、出てこねえんでやすよ」

「出不精ってやつか。まあ、そういう者もいるだろう」

源之亟が茶を飲み干し、蒟蒻を口に放り込んだ。

「へえ、そうでやすね。先生はただ出不精であり、独り身の気楽さを楽しんでいた男。それだけのことかもしれやせん。けど、それなら、どうして、おちえさんが道場に入っていくのを見かけたのかって、そこんとこが気にかかるんでやすよ」

「そりゃあ、たまたまだろう。榊道場の前を通ったときに、たまたま、おちえを見かけた。別に不思議ではあるまい」

「へえ、そうなんでやすがね、こちらに、往診するような患者はいねえんで。知り合いもいねえ。馴染みの生薬屋もまるで方向が違うんで。そもそも、この先には生薬屋がねえんですよ。宗徳先生が出歩くのを好むってなら、まあ、そぞろ歩きをしていたのかと納得もできますがね、普段は、往診でなければよほどの事情がない限り外には出ないお方でやしたからね。奥方さまのお話だと、供もおらず薬籠も提げてなかった。往診の行き帰りとは考え難いじゃねえですか。薬を求めて店をおとなったわけでもねえ。とすれば、なんの用があったのか……」

「それが、宗徳先生の死と関わってくるんですか」

「いや、そんなこたぁ言い切れやせん。ただ、あの日、おちえさんを往診した日、『丸仙』を出てから先生はどこに行ったのかってこってす。昼八つから夕方のあたりに、奥方さまが門前で出会った。『丸仙』とは反対の方向から、一人で歩いてきた。榊さまのおかげで、そこまではわかりやした」

「でも、うちを出てから榊道場までの足取りは摑めていないってことですね」

「さいでやすよ、おちえさん」

昼八つ下がりのころ、それまで宗徳はどこにいたのか。

口の中が、痛いほど乾いている。おちえも湯呑の茶を飲み干した。新しく淹れ直すつもりなのだろう、信江が空になった急須を手に座敷を出て行く。

「おちえ、何をぼんやりしておいでだい。おまえも手伝わなきゃ駄目だろう。分を弁(わきま)えな」

お滝の叱声が生々しく聞こえもするが、おちえは動けなかった。仙五朗の言い分を一言も聞き逃したくない。

おっかさん、堪忍して。今は分も心ばせも忘れる。ごめんなさい。

胸の中で母親に手を合わせる。お滝の渋面を振り払い、居住まいを正し、問いを重ねた。

「親分さんは、先生は自死ではなく殺されたと、今でも信じておられるのですか」

「わかりやせん。自死にしちゃあ些か妙な点が幾つかあると、あっしが勝手に合点してねえだけで。かといって、殺されたというはっきりした証があるわけでもねえ。どうも、あやふやなんで」

「妙ですね」

「まったくで。何もかもが妙でやす。妙にずれてるんでやすよ。何とも……すっきりしねえ。こういうのが、一番、厄介でねえ」

仙五朗が珍しく、ため息を吐いた。

「薬籠はどうだったのでしょう」

背後から低い、静かな声がした。

一居だ。

「おちえさんを往診に来られたとき、当たり前のことですが、宗徳先生は薬籠をお持ちでした。納戸色の風呂敷に包んであったと記憶しています」

仙五朗の喉元が上下した。

「薬籠……でやすか」

「はい。そのまま、家に帰られなかったのなら薬籠を提げたまま、動いていたことになります」

「いや、そのようなものは持っていなかった」

一右衛門が明言する。

「宗徳どのが辞するとき見送ったが、空手であったぞ」

束の間、座敷内が静まる。

「では、先生はどこかに薬籠を置いてきた。あるいは、忘れてきたってことになりやすかね」

「しかし、お医者さまが薬籠を忘れたりなさるでしょうか」

「一さん、先生がわざと置いてきたって言うの？」

「わざとかどうかは、わかりません。わかっているのは、宗徳先生は持っているはずの薬籠を持っていなかった。それだけです」

うーんと唸り声を出したのは、源之亟だった。

「それほど大層なことではあるまい。かりに、宗徳という医者に思い煩うことができて、思案にくれ、どこぞに置いてきた、忘れてきたのではないのか」

一居が、僅かに首を捻った。

「財布や煙管ならそれも考えられるでしょうが、薬籠はかなりの大きさになります。先生が放心して忘れたとしても、周りが気付くのではありませんか」

「なるほど、つまり、宗徳どのは人の眼のないどこかに忘れてきたわけか。空き地とか空き家とか、な。おっ、これは手掛かりになるのではないか。空き地や空き家を捜せば、薬籠が出てくるかもしれんぞ。出てくれれば、そこに宗徳どのがいた証になる。な、おちえ」

源之亟がにやりと笑った。おちえは唇を尖らせる。

「そんなところで宗徳先生は、何をしてたんですか。何のためにそこに行ったんですか。それを誰が教えてくれます」

「え……いや、教えてくれる者なんかいるわけないだろう。人がいないから空き家であり、空き地なんだからな」

「もう、伊上さまったら。思い付きだけでしゃべらないでくださいな。余計に、ややこしくなります」

「そうか。けっこう的を射てたと思ったがな」

「大外れです」

おちえはわざと顔を顰めてみせる。源之亟が肩を竦めて、舌を鳴らしたとき、襖(ふすま)戸(ど)が開いた。

信江が覗く。

「親分さん、一太(いちた)さんと仰る手下の方がお見えになりましたよ。庭の方に回られるそうです」

「一太が？　何事だ」

仙五朗の口元が引き締まる。ほどなく、廊下に面した庭に男が現れた。小柄だが引き締まった身体をして、いかにも敏捷(びんしょう)そうな男だった。駆け通してきたのか、ひどく息を弾ませている。

仙五朗は自分の居場所がわかるよう、一日の動きを細かに女房に伝えているらしい。しっかり者と評判の女房は、髪結い稼業を放り出し走り回る亭主の支えとも助けともなっているのだ。

「親分……えらいこってす。あ、ありがてえ」

信江の差し出した水を一気に飲み、一太は流れる汗を拭いた。息はまだ乱れている。

「……殺されやした」

「うん？　誰が殺されたって。一太、しゃんしゃんしゃべれ。おまえ、何年、おれの手下をやってるんだ」

親分に一喝され、一太は背筋を伸ばした。

「堂島左内が殺されやした」

「何だと」

一瞬だが、仙五朗が絶句する。

「堂島左内とは誰だ？」

源之亟がおちえの耳元で囁いた。

「……宗徳先生の助手をなさっていた若いお医者さんだと思います。あたしも、会ったことはありませんが……」

「助手の医者だと？　どうして、助手まで殺されるんだ」

答えられるわけがない。

「どこで殺された」

「宗徳先生の家です。後片付けにきたお秋が見つけやした。知らせを受け、お内儀さんから、すぐに親分を呼びに行けと言われて……」

仙五朗と一太のやりとりが、耳に突き刺さってくる。

また、人が死んだ。殺された。

どうして？　誰が？

おちえはこぶしを握り、強く胸を押さえた。

七　紅梅白梅模様

一目で、堂島が死んでいるとわかった。

血に塗れている。

ぴくりとも動かない。

今わの際に何を見たのか、眼も口も半開きだった。

いったい、何が起こったのだ。そう問いかけているようでもある。

仙五朗はすばやく辺りに視線を巡らせた。いつもそうだ。見る。

死体を中心に据えて、あたりを隈なく眺める。手札をもらい、岡っ引となったころからの習い性だった。視線を通じて、何かが、殺しに関わる何かが飛び込んでくることがあるのだ。血だらけの斧だったことも、人の指だったことも、女の簪だったこともある。

うん？

息を詰めていた。

部屋の隅、堂島の足側に角ばった風呂敷包みが置いてある。納戸色の風呂敷だ。

薬籠……。

宗徳の薬籠だ。

仙五朗は立ったまま、その包みを凝視していた。


お秋の顔色は蒼く、いかにも加減が悪そうだった。

無理もない。これで二回、人の惨い死に様を見てしまったのだ。しかも、二人ともよく知った相手だ。お秋でなくとも、生きた心地はしないだろう。

それでも、この老女は気丈に振舞っていた。仙五朗の問いかけに、か細いながらはっきりとした声で答える。

宗徳の屋敷の一室、三畳ほどの小間だ。同じ広さの小間が三つ並んでいる。家に帰せない患者を泊めるための部屋だとお秋は言った。

「はい……。初七日も済みましたので、そろそろ片づけを始めるように堂島さまに言われていて……。あの、堂島さまは先生の跡を継ぎ、ここで開業なさるおつもりだったのです。あたしにも、今までのように通いの奉公人として雇いたいと言ってくださいました」

うんうんと、仙五朗が頷く。励ますような仕草だ。おちえは仙五朗の後ろに身を硬くして座っていた。

お秋の傍らには、お若が寄り添っている。背筋を伸ばし、唇を結び、仙五朗をひたと見据えている。大人びているとはいえ、まだ八歳だ。八歳の少女は、懸命に祖母を守ろうとしている。祖母がこの上さらに動転しないように、怖がらないように、傷つかないようにお若なりに盾になろうとしているのだ。

胸が熱くなる。

ここに座っているのは、仙五朗に乞われたからだ。

「お秋が一時、ひどく取り乱したみてえで、お若が健気にお祖母ちゃんを慰めているみてえなんでやす。あっしだけじゃ、場が強張っちまう。そうしたら、お秋からいろいろ聞き出すことが難しくなるんで。おちえさん、ご面倒でもご一緒してもらえやせんかね」と。

おちえに躊躇いはなかった。むしろ自分から同行を申し出るつもりだったし、仙五朗に拒まれたら甚平長屋を訪ねても、お若に逢うつもりだった。

何程のことができるとも思えない。しかし、自分を慕ってくれる少女の細い支えぐらいにはなりたいのだ。

おちえが座敷に入ってきたとき、お若が大きく息を吐き出した。

おちえ先生、来てくれたんだ。

うん、あたし、ここにいるからね。お若ちゃん、安心して。大丈夫だからね。大丈夫だから。

ありがとう、先生。

眼差しだけで伝え合う。

お若の身体から少しだが力が抜けた。安堵したのだ。孫の余裕がお秋にも通じたのか、気丈な性分が幸いしたのか、時々声を詰まらせながらもしゃべり続ける。

「堂島さまは、先生の亡くなられた部屋を納戸にしたいと言いました。まあ……あのような亡くなり方をされたのです。そこを同じように寝所や書斎には使えませんよね。堂島さまは、暫くは通いで診療されるつもりだったようです。それで、初七日が過ぎたら、宗徳先生のお部屋を片付けるようにと言われ、今日……」

「ここに来てみたら、堂島さんが死んでいたってわけか」

「……はい」

お秋が身体を震わせた。お若がその背中に手を添える。

「朝方、長屋で溝浚い（どぶさらい）があったんです。それで、昼前になってしまって。あたし気が気じゃなくて、堂島さまは」

お秋が口をつぐむ。

「うん？　どうしたい？」

「いえ……」

「おい、お秋さん。すまねえが内緒事やだんまりは無しにしてくんな。人が一人、いや二人続けて亡くなってんだ。宗徳先生はわからねえが、堂島さんは明らかに殺しだ。下手人がいる、いる限りは捕らえて、お白州に引き出さなくちゃならねえ。どんな事情があろうと、人一人を殺めて何の咎めもなしじゃ道理が通らねえ」

お秋が仙五朗を見上げる。深く、頷く。

「ええ、親分さん、わかっております。ただ、余計なこと、堂島さまを誹る（そしる）ことにもなるかと気が引けたんです」

「構わねえ、言ってみな。おめえがしゃべったと外には決して漏らさねえ。約束する。だから、胸ん中にあるものを洗いざらいしゃべってくんな」

仙五朗の物言いは真剣ではあったが、脅すような凄み（すごみ）はなかった。

お秋は襟元を直し、静かに息を吐く。震えは止まっていた。

「わかりました。では、お話ししますよ。実はあたし、堂島さまの許で今まで通りの奉公ができるかどうか悩んでいたんです。堂島さまは、わりに癇性なところがあって……それだけじゃないんですけれど、どうも好きになれないというか、苦手でした。でも、患者さんに対しては優しくて、評判は悪くなかったはずです」

「ふむ、なるほどな。じゃあ、今日は、片付け仕事に遅れちまったから、怒鳴られるかもとびくびくしながら来たわけかい」

「びくびくまではしていませんでした。溝浚いがあると伝えてましたからね。でも、嫌味ぐらいは言われるかなと覚悟してましたよ。それで、裏木戸から入って……裏木戸は開いていました。堂島さまが開けておいてくれたと思いました。それで、あたし、台所から声を掛けたんですよ。『遅くなりました。すみません』って」

「遅くなりました。すみません」

大声を出したつもりだったが、堂島の返事はなかった。

聞こえなかったのか、聞こえぬ振りをしているのか。

お秋は少しばかり気が塞いだ。聞こえぬ振りをしていると思ったのだ。堂島にはそういうところがあった。気に食わないと、ぷいと他所を向いたまま何を話しかけても応じない。かと思えば、ちょっとした菓子や小物をお若にと買ってきてくれたりする。患者の愚痴や世間話に気長に付き合ったりもする。

まあ、人ってのはそういうもんだね。

表も裏も、光も影も持ち合わせている。善ばかりで、悪ばかりでできている者なんていないのだ。

お秋は前掛けを締め、細紐で袖を括った。ふと竈を見る。火は入ってなかった。灰だけが小さな山になっている。昨夜、堂島は片付けのために泊まり込むと言っていた。外で食事をしたにしても、今朝から湯も沸かさぬままだったのだろうか。

手早く竈の火を起こし、鍋を掛け、廊下に出る。

「堂島さま、お茶をお淹れしましょうか」

やはり、何の答えもなかった。

「そのとき、初めて胸騒ぎがしたんです。これ……宗徳先生のときと同じじゃないかって。呼んでも返事がなくて、妙に静まり返っていて、人の気配みたいなものがしなくて……。ええ、同じだ、同じだって頭の中で声がしました。誰の声かはわかりませんが」

「怖かったかい」

「怖かったです。心の臓が早鐘みたいにどくどく動いて、息が詰まりそうでした。でも、確かめなくちゃと思いました。堂島さまがご無事であると確かめなくちゃって」

もともと、気弱な性質ではない。亭主と娘が相次いで亡くなったときでさえ、しゃがみ込んだままではなかった。残されたお若を育て上げてみせると、定めに挑むような心持ちになった。

自分に言い聞かせる。

しゃんとするんだよ。おまえは強い女なんだからね。

息を整え、お秋は堂島の名を呼んだ。

「堂島さま、堂島さま」

呼びながら、座敷の戸を開ける。

誰もいなかった。荒らされてもいなかった。変わった様子は何もない。そう思われた。けれど、お秋は棒立ちになったまま、生唾を呑み込んでいた。

異変を感じる。

これは、何かとんでもないことが起こった、と。

心の臓がさらに激しく、さらに早く脈打つ。足がふらついて、肩口を障子にぶつける。

そして、異臭を嗅いだ。

「臭ったんです」

お秋は鼻先を指で押さえた。

「あたし、昔から匂いや香りには敏くて、鼻がよく利くんです。今日も、変な臭いを嗅ぎました。それが何の臭いかとっさにはわからなくて、でも、尋常ではない。尋常な臭いじゃないとはわかりました。そしたら……見えました」

鼻を押さえていた手を膝に戻し、お秋はこぶしを握った。

「寝所との境にある襖が一寸ばかり開いていて……そこから血が……覗いてたんです。あ……、覗いてたと言うのは変ですかね。でも本当に戸の隙間から、禍々しいものが覗いていたと、こっちをじっと見ていると、そんな気がしたんですよ」

「そうか。けど、お秋さん、あんたは怯まなかったわけだ。同じ目に遭ったら、大の男でも逃げだすだろうぜ。まして、女の身ならそのままへたり込んでも、気を失ってもおかしかねえ。なのに、あんたは逃げずに襖を開けた。てえしたもんだ」

仙五朗の口調には本気の称賛が含まれていた。お秋がほんの少しだが、微笑む。

「あたしも逃げ出そうとしました。でも……生きているんじゃないかと……堂島さまはまだ生きているんじゃないかと思ったんです。宗徳先生は駄目でした。あたしが見つけたときは、もう……。でも堂島さまは間に合うかもって、あたしがここで逃げて手遅れになったら、一生、悔いが残るって思ったんです」

お秋はそこで暫く目を閉じた。「てえしたもんだよ」と、もう一度、仙五朗が呟く。

たいしたものだ。

お秋の腹の据わり方、心意気におちえも感嘆する。父がいなくても母を失っても、この祖母がいるならお若は大丈夫だ。真っ直ぐに、幸せに生きていける。

こんなときなのに、おちえの心はふっと軽くなる。

「でも、駄目でした。襖を開けると夜具が敷いてあって、堂島さまはその上に仰向(あおむ)けに倒れておりました。一目で……一目で駄目だとわかりました」

さすがに、語尾が震える。お若が不安げに祖母を見やった。

「夜具がぐっしょり濡れるぐれえ、血がでていたからな」

「はい。血を吸って黒く見えたほどでした。そこから血が、褄の方に流れていたんです。部屋は雨戸が仕舞っていて、むっとするほど暑くて、血がとても……とても濃く臭いました。あまりの臭いに、その場に吐きそうになりました。それで、後は……後はよく覚えていません。叫びながら通りに飛び出した気もするのですが……。ふっと我に返ったら、この座敷に寝かされていて、お若が傍で泣いていました」

「お祖母ちゃんがおっかさんみたいに呼んでも起きてくれなかったら、どうしようって怖かったの。おっかさん、急に倒れてそのまま一度も目を開けなかったんだもの。怖くて……涙がでてきたんだよ。でも、ちょっとだけだよ。ほんとにちょっとだけ」

少女の強がりが愛らしく、せつない。お秋が優しい笑顔になった。しかし、その笑みをすぐに消して、お秋は真顔を仙五朗に向ける。

「親分さん、堂島さまは殺されたのですよね」

「ああ、殺された。宗徳先生のようなあやふやなとこぁねえ。身体のいたるところに刺し傷があった。脾腹(ひばら)の傷が一等深くてな。おそらく下手人は匕首みてえな短(みじけ)え刀で一突きし、堂島さんが手向かい出来ないようにした上で滅多刺しにしたってとこさ。傷の様子からすりゃあ、倒れた堂島さんに馬乗りになって何度も刺したに違いねえ。腹から上に七つも八つも傷がある」

「まあ、何と惨い……」

「そこでだな、お秋さん」

仙五朗が膝を進める。

「あの殺し方はまともじゃねえ。物取りや押込みの仕業とは思えねえんだ。それなら、あそこまでところかまわず刺したりはしねえだろう。最初の一突きで堂島さんは、動けなくなっていたはずだからよ。下手人はよほど深い怨みを持っていた。堂島さんは誰かにとことん怨まれていたとしか、考えられねえ」

「怨み……ですか」

「そうだ、怨み。殺してえほどの怨み、相手に何度も刃を突き刺すほどの怨みだ。堂島さんをそこまで怨んでいた相手に、心当たりはねえかい」

お秋から一瞬だが表情が消えた。お面のように強張った顔の中で、黒目だけが左右に揺れる。頭の中で必死に記憶を辿っている眼だ。

「……ありません。先ほども申し上げた通り、堂島さまは癇性な方ではありましたが、そこまでの怨みを買うとは……ありえない気がします」

堂島だけではない。大抵の人にはあり得ないだろう。人は人を怨みもするし、嫉みもする。憎まれるし、疎ましがられもする。どろどろと醜い情は、誰の心の内にだって渦巻きも蠢きもしているだろう。だからといって、人は人をそう容易くは殺さない。ここは戦場ではない。御府内、公方さまのお膝元だ。人は日々をそれなりに暮らしている。そして、その暮らしを大切に守っている。よほどの理由がない限り、怨みや憎しみに振り回されて誰かを屠ったりはしないだろう。むろん、金のために、欲のために人の命を奪うものはいる。でも、そういう者は闇雲に刺したりはしないのではと、おちえは考える。とすれば、やはり怨み、憎しみゆえの仕業になるのか。堂島左内という男はどこで、それほどの怨念を憎悪を引き寄せたのか。思案は堂々巡りするだけだ。

「そもそも、堂島さんて方は、どういう経緯で助手になったんでぇ？」

仙五朗が別の方向から探ろうと、問いを繰り出す。

「堂島さまがお出でになったのは、確か二年ほど前です。先生のお仕事が忙しくなって、医術の心得のある助手を探しておられたところ、堂島さまが来られたのです。何でも付き合いのある生薬屋さんから紹介されたとか」

「どこの生薬屋かわかるかい」

「わかると思いますが。堂島さまは釣書を持参しておられましたから。たぶん、宗徳先生の文箱に入っているはずですが」

仙五朗が顎をしゃくる。廊下に控えていた手下が身軽に動いた。廊下には一居も源之亟も座っているが、こちらは微動だにしない。

「先生と堂島さんは上手くいってたんだな」

「はい。腕も知識も確かな、しっかりとしたいい若者が来てくれたと、初め、先生は喜んでおられました」

「初め？」

仙五朗が眉を寄せる。

「初めってこたぁなにかい、このところ、二人の仲は上手くいってなかったってことか」

「あ、いえ、そんな……。そうではなかったはずですが。あたしは台所に引っ込んでいることが多かったので、よくはわからなくて。ただ、あたしが勝手に感じただけで……」

「勝手に感じたことでいいんだ。そこが聞きてえのさ。おれの岡っ引暮らしの中でな、ぼんやりと感じたり、些細な出来事だったりが下手人に繋がる糸口になったことが、けっこうあるんだよ。そこの思案は任せてくんな」

仙五朗の声音は落ち着いて、深く、心地よかった。お秋が伏せていた睫毛を上げる。

「わかりました。ぐずぐずしていてすみません。ええ、そうなんです。何かあったのか、徐々にそうなったのかわかりませんが、お二人が妙にぎくしゃくしているなと感じたことが何回かありました。診療のときは一緒なのですが、他ではあまり口も利かず、このところ往診にも宗徳先生が一人でお出かけでした。前は、できる限り堂島さまがお供しておられましたのに」

「いつぐれえからだ」

少しの間考えて、お秋が告げた。

「おそらく三月ほど前でしょうか」

「三月か。そのころ何かあったか、思い当たる節があるかい」

「……いえ、何も」

「二人が言い争っているのを聞いたことはねえか」

「なかったですね。ええ、一度もありませんでした。もっとも、あたしは暮方には帰ってましたから。その後のことはわかりませんが」

お秋はまた睫毛を伏せ、かぶりを振った。

「お二人の間に何があっても、殺す殺されるなんて物騒な気配はありませんでした。それは、確かです」

「そうか」

仙五朗が吐息を漏らす。

「他にはどうでぇ。どんな些細なことでも構わねぇ。気持ちに引っ掛かってるとか、妙だと感じたとか、そういうこたぁなかったか」

お秋が首を捻り、苦し気な顔つきになった。

「そうは言われても……、これといって別に……」

「よく思案してくれ。お秋さん、今のとこ、あんたが一番先生たちの近くにいた。何年も奉公してきたんだろ。何かねえのかい」

「親分さん、お祖母ちゃんをあんまり責めないで」

不意に、お若が叫んだ。

「お祖母ちゃん、疲れてるの。もう、いいでしょ」

「へ？ いや、おれは別に責めてなんかいねえぜ。ああ、そうだな。疲れてるよな。悪かったな、長々と引き止めちまって」

仙五朗が珍しく慌てる。少女の剣幕に、〝剃刀の仙〟が臆している。おかしいけれど、笑っている場合ではない。

おちえは立ち上がり、お若の傍に寄った。ふっくらとした手を取る。指の竹刀胼胝が消えていないのは、お若が今でも素振りを続けているからだろう。

「お若ちゃん、大丈夫だよ。あたしも親分さんも味方だからね。お若ちゃんやお祖母ちゃんの味方。伊上さまや榊先生もそうだよ」

お若の顔色が明るくなる。雲間から陽が覗いたみたいだ。

「おちえ先生」

お若が縋りついてきた。細い肩が震えている。

「お若ちゃん、がんばったね。お祖母ちゃんを守ろうとがんばってたんだ。でもね。ほんとに大丈夫だからね」

お若がしゃくりあげる。

「お祖母ちゃんを……連れて行ったり……しない？　牢屋に入れたり……しない？」

「参っちまうぜ」

仙五朗が自分の額を軽く叩く。

「あっしが悪かった。ついつい、気持ちが逸ってあれこれ詮索しちまったな。心配りが足らなかったぜ。いや、申し訳ねえ。お秋さん、続けてえらい目に遭ったんだ。確かに疲れてらぁな。なるべく気持ちを落ち着けて、休んでくんな」

「はい。ありがとうございます」

頭を下げた後、お秋は何度目かのため息を吐き出した。当たり前だが、顔色は優れない。

「親分さんのせいじゃないんです。お二人の遺体を初めに見つけたのはあたしです。怖くも、辛くもありますけれど……今は、成仏を祈るしかありません。できる限りお二人のために神仏に祈ろうって。ただ、今、あたしが心配なのは自分たちの先行きなんです。この先、お若とどうやって生きていこうかって。とうとう、奉公先をなくしてしまったわけですから。先生たちを悼まなきゃならないのに……。それこそ、お恥ずかしい、自分勝手な言い分なんですけど」

「そんなことないわ。暮らしの心配をするのは当然です。生きている者はご飯を食べなきゃいけないんですからね。お秋さん、それも大丈夫です。親分さんが、いい奉公先を探してくれますから。ね、親分さん、親分さんは顔が広いんだもの、きっと見つけてくれますよね」

「ああ、そうでやすね。心当たりは幾つかあるんで。この件が一段落したら、すぐに当たってみやすよ」

今度はお秋の顔色が晴れる。

そうだ、生きている者には生きるための糧が要るのだ。悼む気持ちを引きずりながら、生きていかねばならないのだ。恥じることなんか一つもない。

「おちえ先生、ありがとう」

お若がさらに縋ってくる。その拍子に、おちえの胸から端切れが数枚落ちた。お滝から奪うようにして、襟元に突っ込んだやつだ。

「あ、いけない」

拾い集めようとした手が止まった。お秋が一枚の端切れを手にして、見詰めているのだ。

「……梅」

と呟く。おちえは、その手元を覗き込んだ。

確かに梅だ。紅梅と白梅が重なるように咲いている模様だった。華やかで愛らしい絵柄だ。たぶん、女の子の祝い着の端なのだろう。ただ、そうとう古い物らしく紅色が褪せかけている。母親が古着を縫い直したのかもしれない。古手屋に売られて、さらに夜具の覆いにでもなっていたのかもしれない。それでも、紅白の梅は瑞々しい。

一さんなら、この梅にどんな縫い取りをするんだろう。

心の内を掠めた想いを振り払い、おちえは視線をお秋に戻した。

「お秋さん、この端切れがどうかした？」

「いえ、端切れではなくて……梅が……」

「梅？」

「梅が匂ったんです」

端切れを摑み、お秋は大きく目を見張った。

「梅の匂いがしたんですよ。裏木戸のあたりで」

仙五朗が前屈みになる。

「それは、今日のことか」

「今日です。まだ、堂島さまの遺体を見つける前……、遅くなったのが気になって裏から駆けこんだんです。そのとき、ふっと梅が匂った気がして、思わず足を止めました」

「梅が匂う、か」

仙五朗は腕組みをして、唸った。

「すっかり忘れてました。気が急いていて、香りどころじゃなかったし、忘れてそれっきり。この布を見なきゃ、思い出しもしなかったでしょう。でも……そうですよね。もう、梅の時季じゃありませんよね。とっくに散ってしまってますから。あたしの鼻がどうかしてたんでしょうかね」

「けど、お秋さん、鼻が利くんでしょ。だから、仄かな匂いにも気が付いたんじゃなくて？　遅咲きの梅が咲いてたのかも。あ、そうでなければ、梅によく似た香りの花があったとか」

お秋が首を横に振った。

「いいえ、裏木戸のあたりに、どんな花も咲いていません。薬用の梅の木はありますが、日当たりの良い表に植わっています。それに花は一輪もついていないんです」

きっぱりと言い切る。

おちえは仙五朗と顔を見合わせていた。

「変だな」

一居が呟いた。

源之亟が振り返り、「何か？」と尋ねる。

「吉澤ど……いや、いっ、いっ―、何が変なのだ」

おちえは行李の前で小さく噴き出した。

「やだ、伊上さまったら、物言いがすごくぎくしゃくしてますよ」

「まだ、慣れておらんのだ。吉澤どのは吉澤どのであって、町人風に呼べと言うのが土台無理な話ではないか。だいたいな」

「一さん、何か気になるものでも出てきた？」

源之亟を遮り、一居の方に屈みこむ。

三人は仙五朗を手伝い、宗徳や堂島の遺した帳面、書状等を調べていた。

お滝には、事情を認めた文をお若に届けてもらうことにした。お滝のことだ、饅頭や羊羹で少女をもてなしてくれるだろう。堂島の遺体は仙五朗の手下たちの手で清められ、お秋の用意した新しくはないが、こざっぱりした夜具に寝かされている。本来なら駆けつけてくるはずの同心、仙五朗の主は俄の癪で床に臥していて、全てを仙五朗に任せると伝えてきたとか。任せて大丈夫だとの信頼があるのだろう。

「これ、生薬の仕入れ台帳のようなのですが」

一居が紙縒りで綴じた紙の束を差し出す。

茴香、人参、沢瀉、甘草、葛根……。

生薬の名前と仕入れ代が書き込まれている。驚くほど高直なものもあった。

「これが何か？」

「こっちと比べてみてください」

同じような綴じた束を渡される。前のものより、かなり薄い。紙も新しく、こちらが近来のものだと察せられる。

「これも、生薬の仕入れ台帳みたいだけど」

「ええ、でも、他の帳面とは別の箱に仕舞われて、引き出しの奥にありました。おちえさん、比べてみてください。同じ薬でも仕入れ代が違っています」

「ほんとだ。前の分の方が安いよね。でも、生薬の値って一定じゃないでしょ。季節や天候でかなり違ってくるよね」

一居は仕入れ台帳を二つ並べ、書かれた文字を指さした。

「筆跡がまるで別です」

「ああ、そうね。前のやつは宗徳先生のお手だわ」

「わかりますか」

「ええ、わかる。すごい癖字だもの。読み難くはないけれど、文字が踊っているみたいで一度見たら、忘れられない字。こっちは、ずい分と整ってる。これはきっと……」

「ええ、堂島さまが記したものでしょう。後で手跡を確かめねばなりませんが、間違いないと思います」

おちえは顔を上げ、改めて一居を見た。

「一さん、堂島さんが記すようになってから急に値が高くなったと、そういうこと？」

「はい。初めはさほどではありませんが、次第に値が張るようになっています。しかも、千振（せんぶり）や蕺（どくだみ）といったありふれた薬草まで高くなっている。確かに生薬の値はよく動きます。一定ではありません。それはつまり、上がりもするし下がりもするということでしょう。こんな風に徐々に上がっていくだけというのは、おかしくないでしょうか」

「確かにそうだけど……」

一居は傍にあった算盤（そろばん）を弾き始めた。

「うおっ、おぬし、算盤まで使えるようになったのか」

源之亟が頓狂な声を上げる。

「お内儀さんから教えていただきました。これからの職人は、算盤ぐらい使えないと一人前とは言えないそうです。うん、ざっと十両二分というところか」

「十両二分！　そんな大金になるの」

源之亟が首を捻る。

「うん？　何だ、その十両二分ってのは？　恥ずかしながら、この伊上源之亟、そんな金、触るはおろか見たこともないぞ」

「伊上さま、変な威張り方しないでくださいな。だから、新しい仕入れ台帳の方の値が、同じくらいの期間でもそれくらい高くなってるってことです」

「十両二分もか。生薬の値がそんなに吊り上がったなんて聞いたこともないぞ」

「吊り上がってはいないでしょう。これほど値が上がれば、ちょっとした騒ぎになるはずです」

一居が算盤をじゃらりと鳴らした。珠が動く、それだけの音が、妙に禍々しく聞こえる。

「もしや、別の台帳があるかもしれません」

「正しい……というか、本当の値を記したものってこと？」

「ええ、宗徳先生は堂島さまを信用して、金の出し入れを任せていた節があります。それでも、金銭のことです。任せっきりと言うわけではないでしょう。年に何度かは目を通したのではありませんか」

「そうよね。うちのおとっつぁんでさえ、晦日(みそか)の支払い日には帳面と睨めっこしてるもの。つまり、そういう時用に別の帳面を作っていたというわけ？」

「そうだとは言い切れません。ただ、この台帳は他の帳面とは別に隠してありました。これは、わたしの推察ですが、堂島さまはここに記した値で生薬を仕入れていたのではないでしょうか。宗徳先生にばれないよう、不審を持たれないように、本当の支払いに上積みをしていた」

「そんなことをして堂島さまに何の益があるの」

「上積み分を自分のものにできるとしたら、どうでしょうか」

「自分のものに？　どうやって？　仕入れ先が出した勘定書とか受領証を偽物にすり替えたわけ？」

　そんなことできるだろうか。

　商人は何より信用を重んじる。自分の店の証文が容易く偽物にすり替えられては、信用は地に墜(お)ちる。商いの命取りになりかねない。一度や二度ならまだしも、商売には素人の堂島が長きにわたって、商人を相手に上手く立ち回れるだろうか。

そうかと、源之亟が叫んだ。

「そういう不正があったのだな。それに宗徳どのは気が付いた。それで、堂島を責め立てたが逆に殺された。そういう筋書ではないか。医者なら薬を盛って自死に見せかけることも容易かろう。うむ、きっとそうだ。宗徳どのを殺めたのは堂島だ」

源之亟は独り合点に頷き、笑みを浮かべた。

「じゃあ、堂島さまを殺めたのは誰です」

「へ？　そ、それは……やはり、押込みの仕業じゃないのか」

「押込みが人だけ殺して、何にも盗らずに逃げたりしますか」

箪笥の引き出しには堂島の財布があった。金箱の中にはかなりの金子が入っていたと仙五朗から聞いている。堂島の無数の傷からしても、ただの物取りとは考え難い。

「ねえ、一さん」

「はい」

「お秋さんの話では三月ほど前から、お二人がぎくしゃくしていたんでしょ。それって、宗徳先生が堂島さまの不正に気が付いたからじゃないかしらね」

「どうでしょうか。そうなれば堂島さまは出て行かねばならないでしょう。先生を裏切ったわけですから。ですが、さほどの変わりもなく仕事を続けていたということは、宗徳先生が何となく疑いを持ち始めた程度で、様子を見ていたのかもしれません」

「そうか。堂島さまが不正を行っていたとしても、宗徳先生の死とは結びつかない気もするし……」

「おいおい。おちえ、どうして一とばかりしゃべってるんだ。おれの話もちゃんと聞け」

源之亟がしかめっ面になる。もともと強面（こわもて）だから仁王のように見えなくもない。気弱な子どもなら泣き出してしまうだろう。

「だって、伊上さまの言うこと、大抵が的外れなんですもの」

おちえは気弱でも子どもでもないので、あっさりと告げる。源之亟がさらに渋面を作る。

その顔がおかしくて笑ってしまった。

「ともかく、このこと、親分さんにお知らせしましょう。あたしたちだけで言い合っていても埒が明かないものね」

笑いを納め、おちえは立ち上がる。

一枚一枚、現（うつつ）の薄皮が剝（む）けていくようだ。剝けてしまった後、どんな様相が現れるのか。

少し寒気がした。

八　梅枝風香模様

男は『丸池屋』の番頭、作兵衛と名乗った。『丸池屋』は六間堀町で生薬の卸をしているのだと言う。貧弱な身体つきではあったが、抜け目ない眼つきをしている。それがかえって作兵衛に、活力のようなものを与えていた。四十半ばの齢だろうか。

「あんたが宗徳先生に堂島左内さまを紹介した。間違いねえな」

「はあ……そうですけれど」

「そのあたりの経緯をちっと教えてくんな」

「経緯でございますか。あの、左内さんの二親は相次いで亡くなりましたが、お父さまはやはりお医者さまでうちと懇意にしていただいておりました。はぁ、わたしとは不思議と馬が合いまして、親しくさせていただきましたよ。大らかなお人柄でねえ、いい方でした。奥さまが先に亡くなられて、それでがっくりきたのでしょう。半年もしないうちに……」

作兵衛が心持ち下を向き、目頭を拭った。わざとらしい仕草だ。仙五朗がこれもわざと舌を鳴らして、苛立ちを露わにした。

「仏さんを悼むのは勝手だが、話をしゃんしゃん進めてくれねえか」

〝剃刀の仙〟の凄みに、番頭は身を縮めた。

「あ、こ、これはどうも。わたしは生来のしゃべりでして、あいすみません。えっと、はい、そういう縁がありました、こちらに紹介したのです。宗徳先生が若いお医者を探しておられると聞きましたし、左内さんは左内さんで京で修業をしていたのですが、江戸に帰ってきて、さらなる修業先を探しておられました。まさに渡りに船……というのも違いますかね。まあ、縁があったわけで、わたしとしてはちょいと橋渡しをさせてもらったってだけですよ」

口元に愛想笑いを浮かべながら、作兵衛はしゃべり続けた。

宗徳の屋敷の奥まった一室だった。日は傾き、光が僅かに赤味を帯びる刻だ。

おちえ、一居、源之亟の三人は帳面の調べを終え、座敷の隅にかしこまっていた。

作兵衛はおちえたちに一瞥もくれず、仙五朗だけを相手に話している。

「それがねえ。まさか、こんなことになるなんて。お知らせをもらったときには仰天しましたよ。ええ、そりゃあもう、腰が抜けるほど驚きました」

「それで、顔を出すのが遅くなったってわけか。手下の話じゃあ、おまえさん、ここに来るのを嫌がってたそうじゃないか。腰が痛いだの目眩がするだの、あれこれ言い訳して愚図愚図してたんだってな。え？　おまえさんは言わば、堂島さんの身元引受人だろうが。その堂島さんが亡くなったというのに、どういう料簡だ」

「そんな、親分さん。料簡も何も」

作兵衛が手を横に振る。

「正直申しましてね、わたしとしては、昔の縁で左内さんにお仕事を世話しましたが、それだけなんですよ。ほんと、それだけです。そんなに深い間柄じゃないんです。え？　え？　まさか、わたしが左内さんの亡骸を引き取るとか……それは、ないですよね」

「堂島さんは係累のない身なんだろうが。おまえさんより他に誰が弔ってやるんだよ。それとも、知らぬ存ぜぬとつっぱねて無縁仏にでもするつもりか」

仙五朗の一喝に、作兵衛は口を歪めて黙り込んだ。

「それによ、おまえさんところの商い、ちょいと気になってんだが」

「は？　うちのお店が何か？」

作兵衛の頬が強張る。天敵の臭いを嗅ぎつけた獣に似て、用心深い眼つきになる。

「店というより、おまえさんの商いになるのかもしれねぇな」

仙五朗がにやりと笑う。怒声よりずっと凄みのある笑みだ。

「は……お、親分さん、何を仰ってるのか、わたしにはさっぱりですが……」

「さっぱりかい。それじゃ、ちっとこれを見てくんな」

作兵衛の前に仕入れ台帳を並べる。

「うちの若え者（わけ）が言うには、どうも『丸池屋』からの仕入れ値がおかしいってんだ。二年ほど前からちょっとずつ上がってるってな。下がりはなくて上がる一方よ。あの世への階段じゃあるまいし、上がるだけってのは、どうも解せねえじゃねえか。近くの生薬屋に人をやって調べてみたんだが、この一年、値崩れした生薬もまああるってこった。けど、こちらの仕入れ帳ではそれがねえ。どういうことだろうな」

作兵衛が首を傾げ、息を吐いた。

「どうしたと言われましても、手前どもには何とも申し上げようがありませんで……。うちといたしましては、そのときその相場でお売りしているわけですから。受領書もきちんと出しておりますし、何ら疚（やま）しいところはございません」

「その受領書なんだがよ。これもおかしいのではと、若え者が言い出してな」

仙五朗の視線が一瞬、一居に流れた。

「堂島さんが支払った金子と『丸池屋』からの受領書。合わねえわけじゃねえ。むしろ、ぴったりと合っている。表向きはな。だが、裏に回れば、ちょいと様相がちがってくるんじゃねえのか」

作兵衛はさらに首を傾げ、眉間に皺を寄せた。どうにも合点がいかないという風だ。

「はてさて、何のことでしょう。支払っていただいた金子と同額の受領書をお出しする。商いとしては、ごく当たり前かと思いますがね。表も裏もありませんよ」

「ほう、そうかい。けどよ、額そのものが怪しいとなると、どうなるんだ？　さっきも言ったように、どうも解せねえ仕入れ値どおりに受領書がきってある。世の相場と照らし合わせてみると、ちっとばかり高目の値でな。一つ一つはてえした額じゃねえ。けど、まとめてみると、これが、かなりのもんになる。塵も積もれば何とやらの譬え通りさ。番頭さん、『丸池屋』は月晦日毎に支払いを受ける仕組みになってるんだろ」

作兵衛が仙五朗から目を逸らせる。膝の上の手が震え始めた。

「月毎、『丸池屋』が出していた受領書、番頭としてあんたが仕切ってたんじゃねえのか」

「し、知りません。わたしは何も知りません」

「そうかい。知らねえかい。それなら、こっちで調べなきゃしょうがねえな。おい、一太」

小柄な手下が廊下に膝をつく。

「これから『丸池屋』までひとっ走りしてくんな」

「へい」

「で、ご主人に帳簿を改めるように託てくれ。ここ、一、二年といわず五年、六年……。そうさなあ、作兵衛さんが番頭になったころまで遡って調べてもらうんだ。堂島さんが嚙んでるやりとりは、特に丁重にな」

「わかりやした」

「ま、待ってくれ」

作兵衛が悲鳴を上げた。そのまま、土下座をする。

「親分さん、畏れ入りました。どうか、どうか主にだけは告げないでくださいまし。店を追い出されたら、どこにも行き場がなくなります」

「店を追い出されるようなことをしていたと認めるんだな」

「すみません。すみません。どうかご勘弁を」

作兵衛は額を擦り付け、泣き始めた。

「おい、番頭さん。泣いて事が済むのは五つのガキまでだぜ。泣く前に、洗いざらい話してもらおうか」

そこで仙五朗の口調が一転した。柔らかく温みさえ感じさせる。

「おまえさんが素直にしゃべってくれるなら悪いようにはしねえぜ。こっちにだって、仏心ってのはあるんだ」

作兵衛が顔を上げる。頬が涙で濡れていた。

「は、はい。わたしの知っていることは全て、お話しいたします。さようです。確かに、わたしは二重の受領書を出しておりました」

「水増しした分と本来の額の二つ、だな」

「そうです。ち、帳簿の方も……実際に水増し分を売ったように細工しまして……」

「店の方をごまかしていたわけか。で、堂島と二人でごまかした分を山分けしてたんだな」

仙五朗が堂島と呼び捨てにする。それだけのことなのに、口調に凄みが加わった。

作兵衛は頭と手を横に振った。

「さ、左内さんが、も、持ち掛けてきたんです。あの人は金に困っていたらしく、あちこちに借りがあったんですよ。詳しくは知りませんが、京都にいたときにも金のことで粗相をしたらしく、それで江戸に舞い戻ってきたんです。多分、女か博打にでも嵌ったんでしょうよ。宗徳先生は独り身でしたし、そこそこ金を貯めていたらしくて、左内さんは、それをくすねようとしたんです。わたしまで、巻き込まれてしまって……」

「ふーむ。てこたぁ、おまえさん、堂島がそんな半端者だとわかっていながら、宗徳先生の助手に押し込んだってことか」

作兵衛の顔色が変わった。

「いえ、そんなそんな、そんな気は毛頭なかったのです。何度も意見はしたのですが……。ただ、やはり義理があって無下にもできずでして。左内さんが、金の工面が付かなければ生きていられないなんて言うものですから、ずるずると引き込まれてしまったような有様でして」

おちえは呆れる。それから、無性に腹が立ってきた。

なんて卑怯な人だろう。堂島さんに全ての罪を被せて、自分は逃げ切るつもりなんだわ。

「死人に口なしか。卑劣なやつだ」

源之亟が唸る。耳に届かなかったのか、保身に懸命で言い返すゆとりもなかったのか、作兵衛は仙五朗に縋って泣くばかりだった。

「親分さん、お願いします。見逃してください。ほんとに、左内さんが気の毒で、ついつい手を貸してしまったんです。分け前だって一度は断ったんですよ。でも、一蓮托生(いちれんたくしょう)だ、裏切ったら許さないと脅されて、仕方なかったんです」

「ああ、わかった、わかった。おれは、今は下手人を捜しているんだ。店者の些細な不正を暴くつもりはねえよ。もういい。とっとと帰んな」

作兵衛の顔色がみるみる明るくなる。涙さえ、あっさりと乾いていく。鼻白むほどだ。

「あ、ありがとうございます。ご恩は忘れません」

「その代わりと言っちゃあなんだが、堂島は引き取ってもらうぜ。できる限りでいいから、弔ってやんな」

「はい。承知いたしました。そのように取り計らいます。すぐに迎えの者を寄こしますので」

「いい心掛けだ。頼むぜ。ところで、作兵衛さん、改めて尋ねるが堂島がなぜ殺されたか心当たりはねえかい」

「ありません。あるわけがないでしょう。左内さんはお金を欲しがってましたから、そこらあたりで何か……」

作兵衛は考え込むふりをしたが、そのまま黙り込んだ。

「じゃあ、宗徳先生のことで何か言ってなかったか。かりにも、雇い主を騙して金を巻き上げていたんだ、ちっとは苦にしてたかい」

「どうでしょうか。あの人は些か心根が歪んでいたので、誰を騙そうが平気だったんじゃないですかねえ」

あんただって『丸池屋』のご主人を騙してたんじゃないの。

おちえは喉元までせり上がってきた叫びを辛うじて呑み込んだ。仙五朗が抉るような眼差しをしていたからだ。

「どんな些細なことでも構わねえ。思い出せることはねえか」

仙五朗から顔を背け、作兵衛は僅かに俯いた。今度は本気で、記憶をまさぐっているようだ。

「……そう言えば、香りがどうとか……」

「香り？」

「ええ、治療のことだったと思いますが、宗徳先生が香りで病を治そうとしているとか何とか……。左内さんは嗤ってましたがね。わたしも、薬を燻して嗅ぐならまだしも香りで治療って意味が解らなくてねえ。まあ、それっきりの話でしたから、ほんの与太話だったのでしょうが。えっと……あの、親分さん、わたしはこれで失礼してよろしいでしょうか。ええ、ええ、必ず左内さんは引き取らせていただきます。堂島家の所縁の寺を知っておりますので、すぐに手配をいたします。お任せください」

何度も頭を下げ、作兵衛は帰って行った。

「親分、いくら何でもお咎め無しはあり得んだろう」

源之亟が顔を顰める。口調の端に怒りが滲んでいた。

「ええ、お咎め無しで済むわけがありやせんよ」

仙五朗が立ち上がり、にやりと笑う。

「あの男、店の金に相当、手を付けてやすね。堂島とだけじゃねえ、あちこちでズルしてますぜ。おそらく、店の品を横流しもしてるでしょうよ。さも殊勝に泣いてはいやしたが、この悪事、作兵衛から堂島に持ちかけたと、あっしは睨んでやす」

「親分には、そこまでわかってるのか」

「へえ。岡っ引なんてのを長えことやってるとね、とことん崩れたやつだけじゃなくて、崩れていくやつまでわかっちまうんです。つくづく因果な仕事でやすよ」

「それなら尚更、帰してよいものか。ああいう手合いがこの先、何の責めもなく今まで通りに生きていくなどと、許されるのか」

源之亟らしい真っ直ぐな怒りだった。

「今まで通りにゃ生きてはいかれませんよ」

仙五朗が諭す口調で言った。

「あっしの縄張りの内なんで、『丸池屋』の主人のことは知ってやす。一角の商人ですよ。そういう男が奉公人の不正に気付かぬままなわけがありやせん。番頭まで務めた男にどう引導を渡すか、一等よい機会を計ってるはずですよ。店の名に傷をつけないよう、穏便に作兵衛に暇を出す機会をね。おそらく、今度の件がその機会になるんじゃねえですか。悪行をすれば、悪行に相応しい報いを受けやす」

源之亟の口がへの字に曲がる。仙五朗の言い分に納得していない顔だ。けれど、おちえはそうかと頷けた。

悪行をすれば、悪行に相応しい報いを受ける。

とすれば、堂島左内は悪行ゆえに、あんな死を迎え入れてしまったのだろうか。

「香りで患者を治療するとは、どういう意味なのでしょう」

それまで無言だった、一居が呟く。

「香り……か。一さん、そこが気に掛かりやすか」

「親分さんは、気になりませんか」

「そうでやすねえ。あっしは、薬籠の方がずっと気になりやす。どういう経緯で、ここに返ってきたのやら……うん？」

唐突に仙五朗が黙り込んだ。

「親分、どうした？　え、どうしたんだ」

源之亟が急いた口調で尋ねる。剣も勢いに任せて前へ前へと出る形ではあるが、性質も同じだ。待つことも、相手の出方を窺うこともしない。剣士としては欠点にもなろうが、人としては好ましい。少なくともおちえは、源之亟の性急さが好きだった。ときどき、顔を顰めもするが。

「……香りでやすね」

仙五朗が言う。呻きのように聞こえた。

「薬籠ですよ。堂島の死体の脇に薬籠が置いてあった。風呂敷に包まれて……。宗徳先生がいつも使っていた風呂敷で一目でわかりやした。それで、あっしは中を調べてみたんですよ。そのとき、風呂敷を解くときに香りがしやした。ほんの微かにですが」

「何の香りですか」

おちえも性急に問うてしまった。仙五朗が横目でおちえを見る。

「梅、でやした」

おちえと一居は顔を見合わせ、束の間、息を止めた。

ここでも梅が？

「風呂敷を広げた一瞬、梅の香が匂ったような気がしたんでやす。辺りは血の臭いが漂ってやしたし、薬籠からは薬の匂いもしてやした。だから、本当に寸の間でやした。香りなんか気にもしてなかったですし、忘れてそのまんまでしたがね」

「けれど、この一件」

一居が座ったまま仙五朗を見上げる。

「香りが、妙に関わってきます」

「香りねえ……。てことは、宗徳先生が口にした治療ってのもちょいと気になってきやす」

「あ、そういえば」

今度は、おちえが束の間黙り込んだ。思い出したのだ。

「宗徳先生、治療のとき、あたしに好きな香りがあるかとお尋ねになりました」

仙五朗がこめかみあたりを掻く。

「治療と香りねえ……」

「何か書き留めたものはないでしょうか。新しい治療法を考案していたとしたら、必ずどこかに書き記すと思うのですが」

一居が控え目に言葉を継いだとき、お秋が湯呑の並んだ盆を手に、入ってきた。

「お茶を淹れました。喉を潤してくださいな」

「ありがてえ。気を遣わしちまって悪いな」

と礼を言いながらも、仙五朗は抜かりなくお秋に問うべきことを問うた。宗徳は治療に纏わる覚書を遺していないかと。「そうですねえ」と、お秋は首を傾げる。

「覚書かどうかはわかりませんが、薬の効き方とか、患者さんの様子とかを小さな帳面に記してはおられたようですが。すみません。お仕事については、あまりよく知らないんですよ」

「その帳面、どこにあるか知らねえか」

「はあ……。先生はいつも持ち歩いておられましたけど……。ああ、薬籠の中じゃないでしょうか。一度だけですが、往診の際にお薬と一緒に薬籠に入れられたのを見ました」

仙五朗の目配せで、廊下に控えていた一太が動く。まだ、堂島の亡骸が横たわっている部屋から薬籠を持ってくる。

納戸色の風呂敷に、おちえはそっと鼻を近づけてみた。

微かな梅の香り……がするだろうか。仙五朗が蓋を開けたので、生薬の青々とした匂いが強く迫ってくる。

「ありやした」

仙五朗の手が、藍色の表紙の帳面を取り出した。三寸ほどの横長の手冊（しゅさつ）のようだ。

仙五朗の肩越しに、覗き込む。

「やだ、伊上さま、押さないでください。危ないじゃないですか」

「すまん。しかし、おれだって気になるのだ。ここまで付き合ったんだ、とことん真相を知りたいではないか」

「付き合ったって、強引に付いてきただけでしょ」

「おちえ、前々から思っていたが、おまえ、おれに対しては全てにおいて言動がきついぞ。きつ過ぎる。もそっと優しく、可愛く、娘らしく振舞えんのか」

「これでも、優しいぐらいです。ほら、そっちでおとなしくお茶でも召し上がっていてくださいな」

「そうはいくか。その帳面、何が書いてあるんだ」

「もう、押さないでくださいったら」

おちえと源之亟が言い合う傍らで、仙五朗と一居は帳面を一枚、一枚めくり目を走らせていた。仙五朗が口を開く。

「一さん、ここのところにありやすぜ」

「ええ。香草や花の香りで心身の強張りが解れると書いてありますね。高直な香木とか練り香でなくとも、身近の草花にも効があるのでは、とも」

おちえたちに聞かせるつもりなのか、一居の声がやや大きくなる。仙五朗が軽く首肯した。

「按摩や灸と合わせて用いるとか、絞った油を使うとか……。宗徳先生は値が張らず効目のある療法を思案していたんでやすかね」

「かもしれません。熱を下げたり、傷を治す効能は望めないが気持ちを和らげることで、病の治りは早くなるのではとお考えになったようです」

「香り、香草、花。うーん、どうも殺しとは縁遠いな」

仙五朗が息を吐き出す。それが合図だったわけではあるまいが、一居が立ち上がった。

「親分さん、裏木戸に行ってみましょう」

仙五朗も素早く腰を上げた。

「梅、でやすね」

「ええ。花も咲いていないところで梅が香った。お秋さんの言葉をつい聞き流してしまいましたが、こうなるとちょっと……」

「へえ。放っておくわけにはいきやせんね。参りやしょう」

二人は敏捷な身ごなしで、庭へと降りた。

「あ、一さん、親分さん、待ってよ」

慌てて、おちえも追いかける。源之亟が後に続いた。

裏木戸のあたりは日当たりが悪いせいか、生い茂った草も色が薄く、勢いがない。細い木々の枝から枝へ紐が渡してあり、萎(しな)びた葉がぶら下がっていた。薬草なのだろうが、それを薬に処方するはずだった医者はもう、いない。

宗徳を想うからか、どことなく淋し気な風景だ。梅どころか花弁一枚、見当たらない。

「何にも匂わないね」

「そうですね。風向きによるのでしょうか」

「でも、一さん、梅が咲いているわけがないんだし、やっぱりお秋さんの勘違いじゃないのかなあ」

「しかし、親分さんも風呂敷から梅の香りを嗅いだ。おかしくはありませんか」

「いや、そう言われると、自信がなくなりやす。ただこう、ふわっといい匂いがしたのは確かなんでやすがねえ。今更ですが、それを梅と言い切れるかどうか。うーん、困りやしたね」

仙五朗の物言いが、珍しくもたついている。

「待て、待て。困るのはちと早いぞ」

源之亟が屈みこみ、さかんに鼻を動かす。さらに膝をつき、地面に鼻先を擦り付けんばかりの姿勢になった。

「伊上さま、犬じゃあるまいし、お武家さまが何て恰好なんです。みっともないですよ」

おちえの咎め言葉を意にも解さず、源之亟はさらに鼻をひくつかせる。それから、草の茂みに手を突っ込んだ。

右手に何かを摑んだまま、身を起こす。そして、おちえの目の前でゆっくりと指を開いた。

「匂い袋か」

一居が息を吐く。

おちえは源之亟の手のひらから、それを摘まみ上げた。

匂い袋だ。

上物だと一目でわかった。絹の白地に刺繡が施されている。二輪の花を付けた紅梅の枝だ。風に揺れているのが、花弁の形から察せられる。

梅枝風香模様。

春先、香りを風に乗せる梅を称える模様だ。

おちえは、そっと鼻を寄せた。

微かに梅が香る。いや、梅のようではあるが、そのものではない。袋の模様に合わせて、香料を調合したのだろう。

仙五朗も匂いを嗅ぎ、ふっと微笑んだ。

「伊上さま、見事なお鼻でござんしたね。よく、見つけてくだせえやした」

「ほんとに驚きです。みっともないなんて申し上げてしまって、すみません。なにとぞ、お許しください」

ひたすら謝る。したり顔で諌めた自分が恥ずかしい。

「いや、おちえに素直に詫びられると、かえって居心地が悪いな」

「謝らなきゃならないときは、ちゃんと謝ります。でも、この匂い袋と堂島さまの事件、ほんとに関わり合いがあるのかしら」

美しい小物はただ美しいだけで、血なまぐさい事件とどうにも結び付かない。

一居と視線が絡んだ。

「わかりません。ただ」

仙五朗から渡された匂い袋を、一居は手のひらにそっと載せた。壊れやすい細工物を扱うような慎重な手つきだ。

「この模様からして、女人の持ち物なのは間違いないでしょう。しかも、買ったばかり、作ったばかりの新しい物でもなさそうです」

「むろん、お秋のでもねえ。としたら、持ち主は誰か。ちょいと、引っ掛かってきやすねぇ」

仙五朗は「それにね」と続けた。

「あるんでやすよ」

「ある？　何がです」

「香料屋です。榊道場の先、筆問屋の『讃岐屋』から数軒先に、生薬屋はなくとも香料屋ならありやしたよ。『遠州屋』というお店で、大店じゃありやせんが、主人がかっちりと堅え商いをしているらしく、なかなかに繁盛しているようなんで」

仙五朗の頭には、縄張りにしている町筋の様子が全て入っているらしい。いつものことながら驚いてしまう。

「宗徳先生は、その『遠州屋』に立ち寄っていたと、親分さんはお考えなのですか」

尋ねた一居に仙五朗は問い返した。

「一さんは、どう思いやす」

「おそらく、そうだろうと思っております。しかし、おそらくに過ぎません。確かだとは言い切れないのです」

「でやすね。おそらくを確かにしなきゃならねえ」

仙五朗は口元を一文字に結び、夕暮れ間近の空を仰いだ。

「井筒宗徳先生ですか。はい、存じ上げております」

遠州屋の主十之介(じゅうのすけ)は、あっさりと認めた。四十を少し超えたあたりに見える。鬢には白いものが交ざるが、物言いも顔立ちも生き生きと若やいでいた。商いが順調に伸びている店の主人は、よく、こんな物言い、顔立ちになる。

堂島の死からまる二日が経っていた。今日は仙五朗一人が香料屋の主人と向き合っている。

「かれこれ二年も前になりましょうか。突然にお出でになられて、香料についてあれこれお尋ねになりましたよ」

二年前かと、仙五朗は胸の内で呟く。榊信江の話と一致している。遠州屋十之介は嘘はついていないようだ。ここまでは。

「それは、香料を療法の手立てにできないかという尋ねでやすね」

「そうです」

十之介は頷き、束の間、口をつぐんだ。

『遠州屋』の座敷は明るく、よく風が通った。広くも豪勢でもない部屋だが、掃除が行き届き心地よい。

崩れていない証だ。

『遠州屋』の商いも暮らしもぴしりと整い、崩れの兆しは僅かもない。

「初めは何のことかと、わたしも半信半疑でしたが、次第に興が湧きましてな。香料を薬のように調合して、気持ちを楽にする。心の強張りを緩めていく。それを病の回復に役立てる。そんな思案ができようとはと、目から鱗の心持ちになりました。ただ」

「ただ？」

「おもしろい思案ではありましたが、香りの良し悪し、合う合わないは人それぞれ、まちまちでしてね。ええ、たとえ白檀や丁子の香りと言えども、万人が心地よく感じるわけではございません。また、同じ者であっても、身体の調子とか年齢とかで好みが変わってもきます。食べ物の好き嫌いが変わるのと同じですね」

「なるほど。つまり、遠州屋さんとしては宗徳先生の試みには興味があったけれど、商いに結びつけるのは難しいと考えたってとこですかい」

「そうですねえ。難しいのは確かですが、興味が失せたわけではありません。わたしも香料の調合をいたしますので、いろいろと試みてみたいと先生には申し上げました。まあ、わたしは商いの方で手いっぱいになり、先生も患者さんが増えて忙しくなりで年に数えるほどしかお会いすることはなかったのですが、それでも、いつの日にかとは考えておりました」

十之介が俯く。

「まさかお亡くなりになるとは……。未だに、信じられません」

「宗徳先生のこと、誰から聞きやした」

「助手の方です。堂島さん？　と仰いましたかね。わざわざ、お知らせに来てくださいました」

「いつのことです」

「先生のご葬儀の後です。多分、翌日か翌々日かと思います。亡くなり方が亡くなり方だけに葬儀は内々だけで済ませたそうで。跡は堂島さまがお継ぎになるそうですが、うちとの関わりを続ける気はないような口振りでした。そのことも含め、知らせに来られたようでして。まあ、何と申しますか、少しそっけない方でしたね。香料屋など相手にしないみたいなことまで言われました。陰口を申すようで気が引けるのですが、お医者さまなら、もう少し温かな物言いや気配りがいるのではと思いました」

「堂島さん、死にやしたよ」

短く告げる。十之介が息を詰めた。

「は……親分さん、何と？」

「堂島という助手は死にやした」

「死んだ。まさか……」

十之介の黒目がうろついた。それまで、辣腕の商人らしく引き締まっていた口元が歪み、緩み、開いたまま塞がらない。しかし、その表情はすぐに消え、元の落ち着きを取り戻す。

「先生と同じく……自死されたとかではないですよね」

「違えやす。殺されやした」

「ええっ、殺された」

「へえ、明らかに殺しでやした」

「誰がそんな真似を」

「わかりやせん。下手人をひっ捕まえるのはこれからなんで」

「惨いことを……」

十之介はそこが疼くかのように、額に手を当てた。

「まあね。さっき、遠州屋さんが仰ったように、あまり性質の良いお方じゃなかったんで、あちこちから怨まれていたのかもしれやせん。けど、先生が亡くなってすぐの殺しでやすからねえ。あっしとしては、どうにも拘りが解けなくてねえ」

「えっ、宗徳先生と助手の方の死が繋がっていると？」

「わかりやせん。わからねえから、こうやって、方々に邪魔しなきゃならねえ。遠州屋さんにも迷惑かけやすが、ちっとばかり話を聞かせてもらいてえんで」

「迷惑だなんて。できる限りの務めはさせていただきますよ。でも、わたしどもが何の役に立つか、心許なくはありますねえ」

十之介は自分に落ち度があるかのように、身を縮めた。

「いやいや、知っていることを話してくだされば、よろしいんで。なにしろ、宗徳先生はここに寄ったその日の夜に亡くなられたようなんでねえ。ええ、昼前に往診した家では普段と変わりなかったって話なんで。てことはその後、つまり昼から夕方にかけて宗徳先生の身に何かあった。死ななきゃならないような何かが、ね。あ、そうだ。この先にある道場の榊さまと奥方さまが、昼八つ過ぎぐれえに宗徳先生と話をしてるんですよ。そのときは、明らかに様子がおかしかったそうで」

そこで一息つき、仙五朗は相手の顔をちらりと見やった。十之介は眉を寄せ、露骨な渋面を造っている。

「親分さん、もしかして、手前どもをお疑いですか」

「へ？　疑う？　あっしがどうして遠州屋さんを疑うんで？」

惚けてみる。昨日から手下を使い、遠州屋を調べていた。

何も出てこなかった。

商いも、主の為人もまっとうで、店の評判も上々だ。「突っついてみて蛇が出るような藪じゃねえですぜ」。一太が洒落た言い方をしていたが、その通りかもしれない。けれど、藪に潜んでいるのは蛇だけとは限らない。

「いえ……。手前どもが宗徳先生の死に何か関わりがあるとでもお考えなのかと、気になりまして」

「まさか、めっそうもねえ」

苦笑いを浮かべる。

「こりゃあ申し訳ねえ。いらぬ心配をさせやしたね。正直にばらしちまいますが、いまのところ八方塞がりなんでやすよ。先生はともかく堂島さんを殺した下手人の目星が全くつかねえんで。それで、焦ってたのかもしれやせん。お気に障ったら、勘弁ですぜ」

「親分さん」

十之介が僅かに、にじりよってくる。

「確かに、宗徳先生はうちにお出でになりました。お出でになったときから様子がおかしいと感じておりましたよ」

「と言いやすと、どんな様子だったんで」

「とても疲れておられるように見受けました。うちに来られたのも、気持ちが落ち着くような香りを嗅ぎたかったからだと仰いました。それはつまり、気持ちがざわついているということでしょう」

「なるほどね。先生、何でそんなに乱れてたんでしょうかね。心当たりはありませんか」

「心当たりですか。さっぱりわかりませんなあ」

十之介は軽く頭を下げた。

「お役に立てなくて申し訳ありません。ただ、先生と手前どもとは、そう深いお付き合いをしていたわけではなくて、あくまで商人とお客さまの間柄でしかなかったものですから……」

「ええ、ええ、そうでしょうよ。よくわかってやす。けど、あっしも仕事はしなきゃなりやせん。なにしろ、亡くなられた日の宗徳先生の足取りは、遠州屋さんと榊道場のあたりまでしか摑めてねえんで。ほんとに、まいりやしたよ」

ため息を吐く。いかにも困り果てた風の吐息だ。

「親分さんのご苦労、お察しは致しますが、何分にも申しあげたとおり、手前どもは何のお力にもなれないのです」

十之介も息を吐き出した。

「先生はここで何をしてやした」

口調をくらりとかえ、一歩、突っ込んでみる。

「昼過ぎあたりには、こちらへ顔を出していたはずでやす。さっき、小僧さんに確かめやした。その後、榊道場の奥方が先生に声を掛けたのが、昼八つを少しばかり過ぎたころなんで。遠州屋さんと榊道場はさほど離れちゃおりやせんよね。としたら、一刻の上、先生はここにいたことになる。かなりの長居でやすが、なにをしてらしたんで」

「女房の手当てをしてくださいました」

即座に、答えが返ってきた。

「お内儀(かみ)さんの？　どこかお悪いんで」

十之介は入り婿だ。店付きの娘と所帯を持ち遠州屋を継いだ。その女房が十年ほど前に亡くなってから、ずっと独り身でいたが、数年前に後妻を貰ったと聞いている。その女房が俄かに病になったと言うわけか。

「ええ、前々から疝気の持病がありまして。宗徳先生がいらしたとき、急に差し込みがきてしまったものですから、治療をお願いしたのです。先生はすぐに診てくださって、女房の痛みも治まりました」

「それはよござんしたね。なるほど、わかりやした。そういう訳なら、ぴたりと合います。ところで遠州屋さん、お内儀さんともちょっとお話しさせてもらえるとありがてえんですが」

一応、許しを請う口調だが、嫌とは言わせない。

十之介が息を整えた。

「わかりました。少々、お待ちください」

座敷を出て行った十之介はすぐに戻ってきた。後ろに、うつむき加減の女が従っている。

女は両手をつくと、頭を下げた。

「女房の美紀でございます。お美紀、こちらが仙五朗親分さんだ」

「遠州屋十之介が妻、美紀と申します。よろしくお見知りおきくださいませ」

「あ、こりゃあご丁寧に、恐れ入りやす。お上の御用聞きを務めます仙五朗でございやす。こちらこそ、お見知りおきを」

お美紀が顔を上げる。

飛びぬけた佳人ではないが、ほっそりした顔立ちに品と色香が漂っていた。年のころは三十前後だろうか。

ああ、なるほど。こりゃあ梅だな。

心の内で言つ。

爛漫の桜ではなく牡丹でなく、早春に花弁を開く梅の風情だ。ずっと独り身を守ってきた十之介が女房にと望んだわけが、納得できる。

それにしても、この所作は……。

「お内儀さん、不躾ながらお尋ねしやす」

お美紀の気配がすっと張り詰めた。

「お内儀さんは、お武家の出なんでやすか」

お美紀が目を伏せる。十之介が励ますように頷いた。

「はい。さようでございます」

「江戸のお生まれじゃござんせんね」

「まぁ、おわかりになりますか。やはり物言いが違いますかしら」

「いや、お肌です。たいそう肌理が細かくておきれいでやすよ。江戸の女はもうちょっと色黒でやすからね」

色の白い娘もたんといる。でも、目の前の女のように淋しげではない。生き生きとした輝きと、したたかさと逞しさを内に秘めている。

おちえの顔が浮かんできて、仙五朗は口元を緩めた。今頃は、仙五朗の報告をやきもきしながら待っているだろう。

「お美紀、親分さんは御用の筋でお出でなのだ。おまえの身の上を話して差し上げなさい」

夫に促され、お美紀は僅かばかり顎を上げた。

「……はい。けれど、お話しする程のたいした来し方ではございません。わたしは佐田の出でございます。と申しましても、親分さんはご存じないかもしれませんね。三万石足らずの小藩でございますから。わたしの生家は、代々馬回り方を務める家で、さほど裕福ではないながら、そこそこ幸せに暮らしておりました。でも、兄がどういう経緯か賭場に出入りするようになって、悪い仲間を知るようになりました。兄はその仲間に殺され、父は自害しました。家は取り潰しとなり、わたしと母は、行く当てもなくとりあえず江戸にやってきたのですが、心労や無理が祟って母は病に倒れ、亡くなりました。江戸での暮らしは、とても申し上げられません。地獄のような日々でした。十之介さんがいなかったら、わたしも自害していたかも……いえ、かもではなく、確かに父や母の後を追っていたと思います」

膝の上に重ねたお美紀の手が震える。

何のよすがもない女が病気の親を抱えて、江戸でどう生きるのか、生きられるのか。知り過ぎるほど知っている。

お美紀は身体を売っていたのだ。日々の暮らしのために、母親の薬礼のために、女郎に堕ちた。遠州屋十之介に見初められなければ、今も苦界の底でもがいていたか、自分で命の始末をつけていたか。

「もう、よろしいでしょう。家内には辛い来し方なので、このあたりでご勘弁願いたいのです」

明らかに咎める口調だった。

「へえ。言い辛いことを言わせちまって、こちらこそ申し訳ねえ。あと一つ、二つ、お聞きしたら引き上げやすよ。一つ目が」

懐から、例の匂い袋を取り出す。

「これでやすが、見覚えはありやせんかね」

遠州屋の夫婦は同時に息を吸い込んだ。

「これは、わたしのです」

お美紀がはっきりと答える。

「間違いありやせんね」

「へえ、庭に落ちてやした。これ、もしかしたら宗徳先生のお屋敷に？」

「わたしの治療が済んだ後、たまたま、先生が見つけられて。良い匂いだとたいそう気に入られたのです。それで、差し上げました」

これもはっきりした返答だった。

「お内儀さんは梅の香りがお好きなんで？」

「はい、好きですが」

「そういえば、宗徳先生がいらしたときも、梅のお香を薫いておりました。わたしが調合したのですが家内がたいそう気に入ったものですから」

十之介が口を挟み、お美紀が笑む。

「さいでやすか。どうりで風呂敷から梅の香りがしたわけだ。その風呂敷に包まれた薬籠のことですがね。先生、持って帰られやしたか」

「いえ、お忘れでした」

お美紀がかぶりを振る。十之介が身を乗り出した。

「先生は薬籠をお忘れになったんですよ。家内はまだ臥せっておりましたし、わたしも店の方が忙しくて気付けなくて。後で座敷に薬籠があるのを見て驚きました。翌日にでもお返しに上がろうとおもっていたのですが、ちょうど荷が届いたりしてどたばたしているうちに刻が経ってしまって。そうこうしているうちに堂島さまがお出でになって、先生が亡くなられたと告げられたもので……。ええ、仰天いたしましたよ。それでも堂島さまにお返しできて、それはよかったのですが」

「なるほど。それでも堂島さんに渡したわけでやすね。けど、薬籠ですぜ。先生、何で忘れたりしたんでしょうかねえ」

「さあ、手前どもには何とも……」

十之介が首を捻る。

「やはり、何か心に抱えておられたのでしょう。家内を診ている間はいつものようでしたが、診療が終わると、どこか魂が抜けたようで……、ええ、思い悩む風でした。ああ、そう言えば、足元も少し覚束なくて、店を出るときよろけたりされましたよ。店の者に聞いていただければわかります」

「わかりやした。聞きてぇことはあらかた聞かせていただきやした。長えことお邪魔いたしやしたね」

立ち上がり、廊下に出る。そこで、仙五朗は振り向いた。

「そうだ、堂島さんのこと、どんな風に思いやした」

「えっ？」

十之介とお美紀を見やり、問うてみる。

「助手の堂島さんでやすよ。何か感じやしたか。遠州屋さんは、あまりよくは思えなかったそうですが、お内儀さんはどうでやすかね」

「わたしは……さあ、どうでしょう。ろくに口も利いておりませんので何とも言いようがございません。でも、お座敷に上がられましたのでお茶はお持ちいたしました。そのとき、少し嫌な気にはなりました」

「嫌とは？」

「あの……自分が宗徳先生の跡を継ぐと仰って、それはそれでよろしいのですが、先生を悼むよりもご自分のことばかりしゃべっていらして、それが少し……」

「なるほど。その堂島さんが殺されたことは知ってやすね」

「はい。十之介さんから、さっき伺いました。驚いております」

　お美紀は胸を押さえ、長い息を吐いた。


「何もかもが、ぴったり合い過ぎるんでやすよ」

　仙五朗は茶をすすり、「うん、うまい」と口元を綻ばせた。

「おちえさんの淹れてくれた茶は、やっぱり美味えや」

「親分さん、お上手はいいですから、ちゃんと話を聞かせてくださいな。ぴったり合い過ぎるって、どういう意味です」

　おちえは床を軽く叩いた。早く話せと催促の合図だ。

『丸仙』の台所。『遠州屋』から帰ってきた仙五朗はいつも通り、上がり框に腰かけている。

　板場には、おちえ、お滝、そして仙助と一居がいた。

「おちえ、親分さんにずけずけ物言って、何考えてんだい」

　お滝が一応、咎めはしたけれどいつもの勢いはない。おちえ同様に話を聞きたくて、うずうずしているのだ。一居は仙五朗に呼ばれ、仙助は「おれは一の親方だ。弟子を心配して何が悪い」と言い張って、座っている。やはり、話が聞きたくてうずうずしている口だ。

「匂い袋のことも、梅の香りのことも、薬籠のことも、一刻ばかり先生が『遠州屋』にいたわけも、何もかもがぴったり合い過ぎててねえ。いや、そうでやす」

何か言いかけたおちえを制するように、仙五朗の手が上がる。

「本当のことならぴったり合って不思議じゃねえ。むしろ合わなきゃならねえでしょう。しかしね、遠州屋にしろお美紀にしろ、淀むってことがなかった。あっしの尋ねることに、すらすらと答えてね。人の覚えってのは、割にあやふやなもんでしてねえ。ましてや、殺しが絡んでいるとなると、慌てちまってしどろもどろにもなるんですよ。遠州屋は肝の据わった商人だとはいえ素人だ。もう少し、辻褄が合わなかったり、思い出せないと慌ててもいいように思いやしたね。少なくとも、あっしがこれまで見てきた者はそうでした」

「それは、あらかじめ話を作っていたってことですか」

思わず身を乗り出す。

「あっしは、そう感じやしたね。『遠州屋』の夫婦は、あっしが来ることを見越して話が合うように考えてたんじゃねえですか。あまりに、ぴったり合わせすぎて、かえってしっくりしなかったんですよ。それに、遠州屋はあっしが堂島の死を告げたとき尋ねなかったんで。いつ亡くなったんだ、とね。それはつまり、堂島がいつ殺されたか知っていたから、とは考えられやせんかね」

「なるほど、〝剃刀の仙〟の読みの鋭さを見誤っちまったわけだ」

仙助が唸る。

「畏れ入りやす。まあ、宗徳先生が初め治療のことで『遠州屋』を訪れたこと、堂島が薬籠を持って帰ったこと、そのあたりは本当でしょうがねえ。ただ、何が本当か何が偽りかって言っても、全て、あっしの推測でしかねえんで。推測じゃどうにもならねえ。動かぬ証ってのがないと、どうしようもありやせん。それに、堂島がなぜ殺されたか、そこんとこもはっきりしねえ。遠州屋に堂島を殺さなきゃならねえ理由があったとは、どうにも思えないんでねえ。いろいろ調べちゃみましたが、堂島との繋がりは何一つ出てきやせんでした」

そこで、仙五朗は湯呑を手の中で回した。

「一さん」

「はい」

「どう思いやす」

一居が仙助に視線を向ける。仙助がひょいと顎をしゃくった。

好きにしな。

そう告げている仕草だ。

「堂島さんが、『遠州屋』をおとなったのは一度きりなのですね」

「あっしの調べた限りでは、一回きりでやすね」

「では、遺書でしょうか」

「遺書？　宗徳先生のでやすか」

「そうです。自害であるならば遺されていなければならなかった。それがないから、親分さんは自死を疑ったのでしょう」

「そうでやす。今でも納得できねえ……」

仙五朗の口元が歪んだ。ぐぐっと奇妙な呻きが漏れる。

「まさか、堂島が持ち出した」

「とは考えられませんか。宗徳先生は遺書を遺して自害された。堂島さんがお秋さんより先に、その姿を見つけていたとしたら、遺書を持ち出すのは容易いでしょう。死装束を普段着に着かえさせるのも、普段着の作務衣を血で汚すのもそう難しくはない」

おちえは腰を浮かせていた。

「ま、待ってよ、一さん。堂島さんは、先生の自死を殺しに見せかけようとしたってわけ」

「殺しに見せかけようとは思っていなかったでしょう。ただ、遺書を持ち帰るためには、はっきりと自死とわからない方がいいと考えたのではありませんか。親分と同じでわたしの推察に過ぎませんが」

「そんな、何のためにそんな真似、しなきゃならないの」

「わかりません。ただ、堂島さんが先生の死を見通していたとは考え難い。一旦は帰ったものの、気になることがあったのか、拠無い事情があったのか、夜遅く、宗徳先生の屋敷に出向いたのでしょう。そこで、先生の亡骸を見つけた」

「おそらく」と、仙五朗が一居の言葉を引き取った。

「気になったんでしょうよ。例の仕入れ金のごまかしがばれたのではないかってね。それで、そっと様子を見に舞い戻った。あっしは、そう読んでやす。けど、一さんの言う通りだとしたら、その遺書、気になりやすね。堂島が持ち帰るだけのことが、そこに書かれていたわけですから。堂島の荷物を手下に捜させはしますが、果たしてそこから出てくるかどうか……」

「出てこなかったら、どこにあるんです。誰が持ってるんですか」

おちえの問いに、一居も仙五朗も無言のままだった。お滝が茶を淹れ直す。手伝おうとした一居を眼で制し、おちえを睨む。

おまえが手伝うんだよ。

お滝の眼つきの意味は十分にわかっている。あえて知らぬ振りをする。それどころではなかった。頭の中に渦巻く思案が、重くて熱い。おちえは、茶をすする岡っ引を見詰める。

「親分さん、その遺書と遠州屋さんは関わりあるとお考えですか」

「考えてやす。どう関わりがあるのかわかりやせんが、遠州屋十之介がこの一件の鍵を握っている気はしやす。だいたい、宗徳先生はあの日、なぜ『遠州屋』に行ったのか。香料のためじゃねえはずです。結局、何も買わずに帰っちまったわけですから。お美紀が匂い袋を渡したってのも、些か怪しいじゃねえですか。遠州屋を揺さぶってはみてえんですが、その手立てが浮かばねえ。手駒がねえんで。かといって、あそこまでの商人を闇雲にしょっ引くわけにもいきやせんし」

おちえは唾を呑み込む。

言っていいだろうか。言わない方がいいだろうか。

「おちえ、何をもぞもぞしてんだ。厠に行きてえなら、とっとと済ましてきな。我慢は身体に毒だぜ」

「おとっつぁん！　あたし、厠になんか用はないわよ」

父親を怒鳴った勢いで、告げる。

「親分さん、手立てなら一つだけあります」

「へ？」

おちえは一居に向かって、手を合わせた。

「一さん、お願い」


榊道場の前を通り過ぎる。

門は閉まったままだが、前のように荒れた感じはしない。信江が欠かさず掃除をしているからだ。そう遠くない日、この門が開き、あの賑やかさが戻ってくると信じて。

「ごめんなさい」

おちえは、並んで歩く一居に詫びた。

「おちえさん、これで四度目ですよ。もう止めてください。おちえさんに詫びられてばかりでは、わたしの方が居たたまれない」

「だって……、お武家の形に戻ってくれなんて、自分でも酷いと思うもの。ほんとに、ごめんなさい」

小袖に袴、腰には大小を差し、一居は武家姿になっていた。髷も結い直している。宗徳は一居を初見したとき、酷く取り乱した。「武士か」と声にならない声で呟いた。懸命に取り繕おうとはしていたが、激しく心を乱されたのは間違いない。その動揺を引きずって、『遠州屋』に足を向けた。そして、その夜、命を絶ったのだ。なぜか？　わからない。けれど、一居を見たことがどこかで繋がっているとしたらと、おちえは考えた。『遠州屋』のお内儀が武家の女だったことも、無縁とは思えないのだ。

「だから、試してみたらどうでしょう。武家姿の一さんを遠州屋さんに見せるんです。遠州屋さんを揺らす手立てにするんです」

おちえがそう言ったとき、お滝は目を剝き、仙助は「馬鹿野郎が」と声を荒げ、仙五朗は瞬きもせずに凝視してきた。一居は、わからない。まともに顔を見られなかったのだ。

『丸仙』にきてから、一居がどれほど真剣に職人になろうと努めてきたか知っている。死に物狂いで縫箔の仕事に向かっているとわかっている。そして、『丸仙』での一日一日を愛しんでいるとも感じていた。すぐ傍らにいたのだ。知らないわけが、わからないわけが、感じないわけがない。

それなのに、一時とはいえ昔の姿に戻ってくれと頼んだ。

申し訳ない。詫びるしかできない。

「おちえ、もう少し一の胸の内も察してやれ」

仙助から諭された。苦い表情をしていた。娘にはめったに見せない父の表情だ。

俯けた顔をあげられなかった。

今、一居と並んで歩きながら、やはり下を向いてしまう。

あたし、一さんの気持ちを踏みにじった。

くすっ。

笑い声、というか楽し気な息の音が聞こえた。

顔を上げる。

一居が笑っていた。

え、笑ってる？

おちえの視線を受け止め、一居は刀の柄に手を置いた。

「腰が重い、ですね」

「お刀が重いと？」

「ええ、どうしてこんな重いものを佩いたまま歩いていて平気だったのか、不思議です」

「そうなの？」

「はい。この重さ、武士のままであったなら気が付かなかったでしょう。おちえさんのおかげで、少し自信が付きました」

おちえは瞬きし、一居の笑顔を見上げる。

「職人の身体になりつつあるという自信です」

「一さん……」

「まだ、針に触ることもできませんが、いずれ、この手が刀を忘れ針を覚える。その日が楽しみでなりません」

「一さん、前向きだね」

「おちえさんが気付かせてくれましたからね。だから、もう、謝ったりしないでください。それに、わたしだって事の真相を知りたいのです。この件がどう納まるのか、知りたいのです。でなければ、こんな形にはなりませんよ」

一居の言葉は半分本気、半分はおちえへの気遣いだろう。

おちえは前を向き、唇を噛み締めた。

手のひらが薄っすらと汗で濡れている。その手で胸元を押さえる。

ここにあるのは詫び言葉だけではない。乞い言葉が、ある。

吉澤さま、もう一度だけ、お手合わせをお願いできませんか。

一居が刀を佩いたときから、その願いが頭をもたげ蠢いている。稀代の剣士吉澤一居と勝負してみたい。敵わぬまでも、自分の剣が一居にどこまで通じるか試してみたい。

胸の前でこぶしを握る。誰もいなければ、このこぶしで自分の頭を殴りつけていたかもしれない。

駄目だ、駄目だ。一さんがこんなにも本気で縫箔に向き合っているのに、あたしったらまだ、引き摺ってる。ほんとに駄目だ。

数歩、前を歩いていた仙五朗が立ち止まり、振り向く。

『遠州屋』の店先だった。

「一さん、おちえさん、よろしくお願えしやす」

「お任せください」

おちえより先に一居が答える。仙五朗は僅かに頷き、先に店に入っていった。

『遠州屋』の主人十之介は、約束もなしに訪れたおちえたちに驚いた顔は見せたが眉を顰めたりはしなかった。

こざっぱりした座敷に通される。

「ご無礼ですが、そちらの娘さんとお武家さまはどのようなお方なのでしょうか」

町人の娘と武家の男。奇妙な取り合わせに首を傾げる仕草をする。

「へえ、じつはお内儀さんに逢いたいと仰るんで、お連れしたんでやす」

「お美紀に？　何の御用ですか」

十之介の眉間に、今度ははっきりと皺が寄った。

「それがし、吉澤一居と申す。故あって、こちらのお内儀に目通りを賜りたい。伝えたい儀がござるのだ」

「儀とは何事でございましょう」

「それは他言できぬ。お内儀に直に申し上げたい」

十之介の皺がさらに深くなる。

「実はお美紀は具合が悪くて臥せっておるのですよ。今日のところはお引き取り願いたいのですが……」

「遠州屋さん、このお武家さまは怪しいお方ではありやせん。あっしが受け合います。ちょいとややこしい事情がありやして、お内儀さんに話があるってんですよ。明日には国許にお帰りだとかで急いでおられるんで。無理は重々承知でやすが、ほんの少しだけでも、逢っていただくわけにはいきやせんかね」

丁寧だが有無を言わせぬ口調だった。凄みさえ漂う。

渋面のまま、十之介は座敷を出て行った。

「遠州屋さん、一さんを見ても変わりなかったですね」

仙五朗の耳に囁く。

「そうでやすね。用心しているみてえですが」

十之介が座敷に戻ってくるまで、暫く待たされた。

「家内を連れて参りました。あまり具合がよろしくありませんので、手短にお願いしますよ」

その言葉は嘘ではないようだ。

遠州屋のお内儀はひどく顔色が悪かった。血の気がほとんどない。

「いらっしゃいませ。お待たせして申し訳ございません」

お美紀が低頭する。

「お内儀さん、申し訳ねぇのはこっちでやす。お加減が悪いってのに無理をさせやした。すぐに失礼いたしやすからね。実はこちらのお武家さまが、どうしてもと仰るもんで」

一居がにじり出る。

「美紀どのと申されるか。無理を申し上げ、あいすまぬ」

顔を上げ、お美紀は大きく目を見張った。

「兄上」

引き攣（つ）れた声が漏れた。顔色は怖いほど白くなっている。

仙五朗が一居に目配せした。一居はさらにお美紀ににじり寄る。

「美紀どの、実は宗徳どのの死についてお伺いしたく」

「止めて」

お美紀が叫んだ。弾かれたように立ち上がり、胸元から懐剣をとり出し、鞘（さや）を払う。黒漆の地に梅の模様だ。それが、おちえの膝元まで転がってきた。

「もう、止めて。堪忍して」

刃が煌く。

「お美紀！」

十之介の叫びが耳を貫いた。しかし、お美紀の動きは止まらない。短剣の切っ先をじぶんの喉に突き立てる。その寸前、一居がお美紀の手首を摑んだ。畳に落ちた懐剣を仙五朗が素早く拾いあげる。

「死んではなりません」

お美紀の手首を摑んだまま、一居が告げる。

「人は容易く死んではならぬのです」

お美紀がくずおれる。畳に突っ伏し、身体を震わせる。嗚咽が座敷に響いた。十之介が羽織を脱ぎ、震える背中に掛ける。

「大丈夫だ。大丈夫だからな、お美紀。わたしが付いている。安心していいんだよ」

おちえは梅模様の鞘を握り締め、目を閉じた。

青葉を揺する風の音が聞こえた。

「遺書はありやした」

仙五朗が言った。

『丸仙』の台所には、先日の面々に加え源之亟も座っている。おちえ手作りの蒸饅

「遠州屋が持ってやしたよ。堂島の部屋から持ち出したんでやす。その遺書に詳しく書かれてやしたよ」

茶を一口すすり、仙五朗は話を続けた。

「宗徳先生……若いころは下村伊助という侍だったそうです。伊助とお美紀の兄、琢磨とか申しやしたかね、その兄貴とは小さいころからよくつるんで遊んでいたんだそうでやす。ガキがころころ遊ぶ分には微笑ましいだけで済むんでしょうが、十五、六になるころから悪い遊びを覚えちまったんです。女と手慰みでやすね。江戸もどこかの藩も、男が悪い方に転がる道は変わりゃしませんよ。琢磨ってのがとびきりのいい男だったってのも、災いしたんでしょうね。何もしなくても女が寄ってくるんだから、そりゃあ十五、六の若造なら転がっちまいまさあ」

「なるほど、美男に女難は付き物か。おれたちも気を付けねばならんぞ、一。おまえは特にだ。その男によく似ていたわけだからな。うん、まこと心を引き締めておかねばならんなあ」

源之亟が指についた餡子を舐めながら、さかんに合点する。

「伊上さまには無用の心配です。親分さん、それで？」

「へえ、琢磨と伊助とあと数人の仲間が寄り集まって、けしからぬことをあれこれ仕出かしてたそうです。けど、そのうちに琢磨には想いをかける女ができた。同じ組屋敷の娘さんでお美紀の仲良しだったそうでやすよ。年は三つほど上だったので姉さんのように慕っていたんだそうです。で、琢磨は心を改め、悪仲間から抜けようとした。そうしないと嫁なんて貰えやせんからね。ところが、仲間からすりゃあ、はいそうですかと承知するのも、めでたいと祝うのも業腹だ。裏切者みてえに思ったんでしょうね。

　琢磨は二十歳になった年の春、娘と祝言をあげやした。悪仲間たちはこの祝言を無茶苦茶にしてやろうと企(たくら)んだんで。それが、祝言の花嫁、花婿の膳に毒を混ぜるってとんでもねえ企てだったんでやすよ。殺すつもりはなく、気分を悪くさせたり腹を下させたりする程度のつもりだったそうでやすがね。伊助の伯父(おじ)ってのが医者で、伊助自身、薬の扱いには長(た)けていたそうです。それで、面白半分、いつもの悪さのつもりで、自分で調合した毒を料理だか酒だかに、混ぜ込んだ」

　源之亟が饅頭を手に、くぐもった呻きを漏らした。

　おちえと一居は思わず顔を見合わせていた。

「親分さん、まさか」

お滝が身を縮める。眼の中に怯えが走った。

「その、まさかなんで。伊助は毒薬の量を間違えたんでやすよ。実は琢磨の花嫁になった娘に伊助も惚れていたようで、出し抜かれた悔しさ、娘への未練もあったんでしょう。殺すつもりはなくとも、心の奥の憎しみが調合を間違わせたんじゃねえですかい」

「それで、お二人は……」

「死にやした。しかも尋常じゃねえ苦しみ方で。これはお美紀から聞きやしたが、花婿、花嫁衣裳の二人が半刻の上、血反吐を吐き、喉を掻きむしり、転げ回って苦しみ、のたうち、亡くなったんだそうなんで。まさに地獄絵だったと言ってやしたね」

「何てことを」

お滝が袂で口元を覆う。悪心を覚えたのだろう。

「伊助は逃げやした。祝言の有り様を目にして、自分たちが何をやったかわかったんでしょう。わかったって後の祭でやすがね。その夜の内に逐電しちまったそうです。後の仲間は捕らえられ、みな、死罪になったとか。お美紀の父親は花嫁の実家に詫びるため腹を切ったそうです。騒動を起こした上に跡取りのいない家は取り潰され、お美紀と母親は江戸に出てきやした。江戸で母親は亡くなり、お美紀はまあ……言うに言われぬ苦労を舐めたってわけでやすよ」

「逐電した伊助って人が宗徳先生なんですね」

「さいでやす。伊助は、どう立ち回ったのか江戸で医術を学び、医者になり、井筒宗徳と名乗った。本人とすれば、まったくの別人としてやり直すつもりだったんですよ。それは半ば、うまくいきかけた。生国を出てから十六、七年は経ってやすからね。医者としての評判もよく、年も取り、顔形も身体も変わり、生まれ変わった気になっていてもおかしかありやせん。武士のままなら同郷の者に見つかる見込みもあるでしょうが、医者の形なら何とかなるでしょうし」

今度は仙助が唸った。「信じられねえ」と呟きが零れる。

「ところが、ここで一さんに出逢ったことで、宗徳先生は己の過去を思い出した。忘れきることはできなかったでしょうよ。でも、思い出すことなく暮らせるようにはなっていた。そこに、琢磨とよく似た若い男を見てしまった。とんでもない衝撃だったと思いやすよ。で、その衝撃が思い出させたんで。『遠州屋』のお内儀が琢磨の妹だったと。昔の面影が突然蘇ったってわけでやすね。変な話でやすが、先生は何度か『遠州屋』でお美紀と顔を合わせてはいたんでやすが、まったく気が付かなかったようなんで。お美紀というのは本名ではないし、生国にいたころのまだ十二、三のあどけない娘と世の中の辛酸を知った年増の佳人、あまりに違い過ぎて見極められなかったんでしょうよ。まさか、自分が毒殺した男の妹が香料屋のお内儀になってるとも思わねえでしょうしね」

「でも、お美紀さんはどうなんです。宗徳先生が誰かわからなかったんですか」

「わかっていたそうです。どんなに年月が経っても伊助の顔を忘れるわけがないと。ただ、再びまみえてしまったことを忘れようとはしたそうでやす。兄の仇と騒げば、今の幸せが壊れてしまう。それが怖くて黙っていたと。ただ一人、十之介にだけは全てを打ち明けやした。十之介は過去は全て捨てろ、宗徳先生が来たときは決して店に出るなと言ったそうです。賢明な忠言じゃねえですか。十之介はだんだんに宗徳先生を遠ざけ、なんなら店を畳んでお美紀と田舎に引っ込んでもいいとまで考えていたとか。根っから、女房に惚れてたんでしょうよ」

一居が息を呑み込んだ。

「では、先生が何も気づかないままだったら……」

「一さんは関わりありやせんよ。一さんに逢わなくたって、先生はいつか罪の重さに耐えきれなくなってたはずでやす。医者として人の命を救うことに、喜びを持ってたんでやすからね。そんな喜びを知っちまったら、人を悪意から殺した過去が否が応でも伸し掛かってきまさぁ。先生、このところ塞ぎ込むことが多くなってたそうでやすからね。あの日、おちえさんを診た日、先生はふらふらと遠州屋を訪れて、お美紀さんのまえに土下座したんだそうです。お美紀さんにすれば、兄さんの惨い死が全ての元凶だ。あれから、どれほどの苦労をしたか……。泣きながら詫びる宗徳、いや、伊助の姿に言いようのない怒りが湧いてきた。そう言ってやしたね」

人はそう容易く人を許せるものではない。煮えくり返るほどの憎しみも怒りも、おちえには覚えがない。それでも、人を許す難しさぐらいは解している。

「死んでくれと告げたんだそうです。『兄上と同じ死に方ができるなら、許して差し上げます』と。伊助はしばらく座敷に座っていやしたが、いつの間にかいなくなっていたそうでやす。薬籠だけが残されてやした。伊助が毒を飲んで亡くなったと聞いたとき、お美紀はこれで全てが終わったと思いやした。気持ちは少しも晴れはしなかったけれど、終わったのだと。ところが、そうはいかなかった」

「堂島さんですね」

「さいです。堂島は遺書を読んだ。そこには、自分の犯した罪とお美紀への詫びがぎっちり書いてあったんで。その遺書を手に、堂島はお美紀を脅しやした。あなたが責めて責めて、先生を追い詰めたのだと。そのことを世間に全てばらしてやると。きっと、『遠州屋』の商いに影を落とし、店を傾けるかもしれないとね」

「まあ、そんなことを」

「へえ、堂島ってのはとことん金に困っていたようで、金のためなら強請り集り何でもするって輩だったんですよ。五十両でこの遺書を売ってやると言われ、お美紀は承知しちまった。店の商いに傷を付けたくない一心でしたが、そこにつけ込まれたんですよ。堂島のような手合いは人の弱いとこを見抜くのが上手いんでね。それで、あの夜、お美紀は五十両を携えて、堂島を訪ねました。その金と引き換えに遺書を受け取り帰ろうとしたとき、堂島が襲ってきた。つまり手籠めにしようとしたんでやすね。夜、屋敷に呼び出したのも、金とは別にお美紀の身体を狙ってたんでやしょうね。ところが、お美紀は武家の女だ。多少の心得はある。用心もしていたでしょうよ。懐剣で堂島の脾腹をぶすりと……。後は、無我夢中だったようです。伊助を刺しているのか堂島を刺しているのか、わからなくなって、倒れた男の上に何度も刃を突き刺したとか。十之介が止めなければ、もっと刺していたかもしれやせん」

「遠州屋さんが止めに入ったんですか」

「ええ、お美紀がいないと知り、もしやと先生の屋敷まで走ってきたらしいんですよ。暗い上に一度も訪れたことのない場所なので捜すのに手間取った。あと少し早く着いていれば、女房を人殺しにはさせなかったものをと、泣いておりやしたね。お美紀を守りたい一心で遠州屋は口裏合わせをして、事をごまかそうとしたんでやすよ」

仙五朗が口を閉じる。

静寂(しじま)がおりてくる。

「親分、遠州屋さんたちは死罪になるんですか」

仙助が掠れた声で尋ねた。

「うちの旦那の話じゃ、お美紀は操(みさお)を守ろうとして堂島を殺したわけだから、お上のお裁きも甘くなるんじゃねえかってことでした。それでも、『遠州屋』は取り潰されて、お美紀は遠島でしょうが。せめて所払いぐれえで済まねえかと、あっしは願ってるんでやすがねえ。けど、遠州屋は待つと言ってやした。生きてさえいてくれたら、お美紀をいつまでも待って、また、夫婦として暮らすつもりだと」

お滝が目頭を拭く。おちえも涙が零れそうになる。

人ってどうして、こうなのかしら。どうして、こんなにも卑しくて、残酷で、愚かで、優しくて、美しいんだろう。

「そうだ。その遺書のことでござんすがね。屋敷も含めて、自分の財の全てをお秋に譲ると認めてあったんでやすよ」

「まあ、お秋さんに」

「へえ。堂島が遺書を隠した本当の理由はそれでやしょうね。全部がお秋に渡ったら、行き場がなくなっちまいますからね。先生は堂島の性根の悪さにも、仕入れのごまかしにも感付いていたんでしょう。屋敷もなかなかのものじゃありやすが、先生はかなりの金子を纏めて両替屋に預けてたみてえでね。そこは、さすがに堂島も知らなかったんですよ。金庫の中の金が全てと思ってたようで」

「何と、それは幸運な話だなあ」

源之亟が心底から羨まし気な言い方をする。

「で、お秋がその金の半分を榊道場の再建に使ってくれないかと申しておりやすが、どうしやす」

「ええっ」

源之亟が文字通り飛び上がる。床が揺れ、湯呑が倒れ、饅頭が転がる。

「もう、伊上さま。はしたない」

「し、しかし、そんな、ま、まことか、親分」

源之亟の口元から餡子が零れる。

おかしい。

おちえは笑う。

涙はまだ目尻に残っているけれど、笑う。

憎むより、怨むより、笑って生きていきたい。

「さて、――」

仙助が立ち上がる。

「仕事にかかるぞ。布張りはできてるな」

「へい」

一居も立ち上がる。おちえにそっと微笑みかける。

針が待っているのだ。

「おちえ、おれは今から榊先生のところに行ってくるぞ」

源之亟が飛び出していった。

おちえは目を細め、戸口から差し込む光を見やった。

憎むより、怨むより、笑って生きていきたい。

胸の内で繰り返す。

いいえ、生きていくの。

自分に言い聞かす。

すぐ近くで、鶯(うぐいす)が鳴いた。

執筆にあたり、以下の皆さま方のご協力をいただきました（五十音順、敬称略）。
杉下晃造、杉下陽子、竹内功
この場を借りて深く御礼申し上げます。

単行本　二〇二〇年七月　実業之日本社刊

実業之日本社文庫　最新刊

蒼山螢
後宮の炎王
幼い頃の記憶がない青年・翔啓は、後宮で女装し皇后に仕える嵐静と出会い、過去の陰謀を知ることに…!? 血湧き肉躍る、珠玉の中華後宮ファンタジー開幕！
あ26 2

赤川次郎
逃げこんだ花嫁
女子大生・亜由美のもとに少女が逃げて来た。年上の男と無理に結婚させられそうだと言うのだ。なんと男の年齢は──。人気シリーズ、ユーモアミステリー
あ1 24

あさのあつこ
風を結う　針と剣 縫箔屋事件帖
町医者の不審死の真相は──剣才ある町娘・おちえと、武士の身分を捨て刺繍の道を志す職人・一居が迫る。時代青春ミステリー〈針と剣〉シリーズ第2弾！
あ12 3

加藤元
ロータス
霊感の強いタクシー運転手が、乗客を目的地まで運ぶほんの束の間、車内で語る不思議な出来事は少し怖くてどこか切ない。優しく心を癒やす奇跡の物語に涙！
か10 2

倉阪鬼一郎
えん結び　新・人情料理わん屋
「わん屋」の姉妹店「えん屋」が見世びらきすることに。準備のさなか、里親探しの刷物を配る僧を見かけた易者は、妙なものを感じる。その正体とは……。
く4 12

新津きよみ
なまえは語る
迷宮入り寸前の殺人事件の真犯人は「なまえ」だった──!? ゆりかごから墓場まで、一生ついてまわる「なまえ」を題材にした珠玉のミステリ短編集。
に5 3

文日実
庫本業 あ12 3
社之

風（かぜ）を結（ゆ）う　針（はり）と剣（けん）　縫箔屋事件帖（ぬいはくやじけんちょう）

2022年12月15日　初版第1刷発行
2023年1月23日　初版第3刷発行

著　者　あさのあつこ

発行者　岩野裕一
発行所　株式会社実業之日本社
〒107-0062　東京都港区南青山 5-4-30
emergence aoyama complex 3F
電話［編集］03(6809)0473［販売］03(6809)0495
ホームページ　https://www.j-n.co.jp/
ＤＴＰ　ラッシュ
印刷所　大日本印刷株式会社
製本所　大日本印刷株式会社

フォーマットデザイン　鈴木正道（Suzuki Design）

ISBN978-4-408-55773-1（第二文芸）